KB180928

네발로 떠난 트래킹

네발로 떠난 트래킹

ⓒ 이수경·이장군 2021

초판 1쇄   2021년 4월 19일

지은이   이수경·이장군   **본문그림**   김윤지

출판책임   박성규   펴낸이   이정원
편집주간   선우미정   펴낸곳   도서출판 들녘
기획편집   이수연   등록일자   1987년 12월 12일
디자인진행 한채린   등록번호   10-156
편집   이동하·김혜민   주소   경기도 파주시 회동길 198
디자인   김정호   전화   031-955-7374 (대표)
마케팅   전병우   031-955-7381 (편집)
경영지원   김은주·장경선   팩스   031-955-7393
제작관리   구법모   이메일   dulnyouk@dulnyouk.co.kr
물류관리   엄철용   홈페이지   www.dulnyouk.co.kr

ISBN   979-11-5925-632-5 (03810)

네발로 떠난 트래킹

이수경

이장군

베테랑 트래커 장군이가 알려주는
국내 여행지 50

들녘

차례

1

2

3

중랑천 둑길을 따라 걷던 장군이와 저의 걸음이 제주도 올레길을 시작으로 전국 방방곡곡, 나아가 유럽의 투르 드 몽블랑, 돌로미티의 대자연까지 이어지게 된 지도 6년이라는 시간이 흘렀습니다. 처음 제주도 올레길을 걷던 때를 떠올려보면 아무런 준비도 대책도 없이 떠난 여정에 장군이와 많이도 고생했던 기억이 생생하네요. 그때 저는 트래킹에 익숙하지 않았고, 반려견과의 트래킹을 위해 무엇을 준비해야 하는지도 잘 몰랐습니다. (저희가 첫 발걸음을 뗄 때만 해도 국내에서 반려견 동반 트래킹에 대한 정보를 얻기가 어려웠습니다.) 지금 반려견과의 트래킹을 꿈꾸는 분들이라면 6년 전저희와 같은 어려움에 처해 있을 것이라고 생각합니다. 그래서 털북숭이 친구들과 함께 하는 트래킹의 행복을 느끼실 수 있도록, 길잡이가 되는 책을 쓰겠다고 마음먹게 되었습니다.

사실 처음 이 책의 1장에서 여행 준비에 대한 내용을 다룰 때는 어디서부터 어디까지 설명해야 하나 막막했습니다. 너무 당연한 이야기를 하고 있나 싶기도 했습니다. 하지만 과거의 우리를 떠올려보면, 지금 저희에게 지극히 당연하게 여겨지는 그것들이 처음 트래킹 준비를 하시는 분들에게는 어렵고 막연하게 느껴질 수 있겠다고 생각되어 최대한 초심자의 시선에서 쓰려고 노력했습니다. 6년간 저희가 직접 온몸으로 부딪히며 습득해온 경험과 노하우가 많은 분들에게 도움이 되었으면 좋겠습니다.

이 책은 저와 장군이가 좋아하는 트래킹 장소 50곳을 장군이의 시점에서 소개합니다. 장군이가 댕댕이 친구들에게 직접 트래킹지를 소개해주는 느낌으로 친근하게 다가가고자 했습니다. 친구의 이야기를 듣듯이 편하게 읽어주시면 감사하겠습니다. (중간중간 필요한 보충 설명이나 팁은 '누나의 TMI'라는 팁 박스로 제가 직접 전달하기도 합니다.)

트래킹 장소는 '걷는 길'과 '오르는 길' 두 개의 장으로 구분하고, 그 안에서 계절에 따라 각 장소 소개를 나열했습니다. '걷는 길' 장에서는 호수나 바다 등을 감싸는 둘레길이나 정상 도착을 목적으로 하지 않는 산길을 소개합니다. 그리고 '오르는 길' 장에서는 정상을 찍고 내려오는, 보다 제대로 된 등산을 경험할 수 있는 곳들을 소개합니다. 때문에 '걷는 길' 장에서 소개하는 곳들보다는 전반적으로 난이도가 더 높습니다. 각 장소에서 트래킹 코스는 한 가지인 경우도 있지만, 여러 개의 길을 선택할 수 있는 경우도 있습니다. 이 경우 제가 다녀온 코스 중에서 비교적 쉽고 편한 길을 택하여 소개했습니다.

트래킹은 가벼운 산책처럼 떠날 수도 있지만, 엄연히 자연 속에서 활동하는 것이므로 안전이 최우선이라고 생각합니다. 이 책이 반려견과 즐겁고 안전한 트래킹을 계획하고 준비하는 데 도움이 되기를 바랍니다.

1

여행 준비

장군이와 함께 국내외 여러 곳을 트래킹하고 백패킹을 다니면서 가장 많이 받았던 질문은 '네 몸집만 한 반려견과 여행하면 힘들지 않냐'는 것이었어요. 하지만 놀랍게도 그리 힘들지 않았고, 오히려 여행을 거듭할수록 장군이가 정말 좋은 여행 파트너라는 것을 확신하게 되었지요. 이 책을 읽고 계신 여러분의 반려견도 둘도 없이 훌륭한 여행 친구가 될 수 있을지 몰라요!

하지만 즐거운 모험을 위해서는 철저한 준비가 필요합니다. 반려견과 함께 여행하는 것은 두말할 나위 없이 즐겁고, 일상에서는 결코 느끼지 못하는 유대감을 쌓을 수 있는 일이지만, 그만큼 많은 변수가 존재하고 자칫 위험해질 수도 있거든요. 그래서 이 장에서는 여러분과 여러분의 반려견 모두가 행복한 여행을 위해 필요한 준비에 대해 이야기해보려고 합니다.

하이킹 전에 꼭 확인해야 할 것들

우선 가장 기본은 반려견이 나와 함께 하이킹을 즐길 수 있는 건강 상태인지 판단하는 거예요. 모든 개가 하이킹을 할 수 있는 건 아니거든요. 하지만 일단 함께 하이킹을 떠나면 개는 많이 버겁고 힘에 부치더라도 반려인과 함께하기 위해 최선을 다할 거예요. 따라서 반려인은 반려견의 안전을 위해 일정과 난이도를 조정하고 적절한 판단을 내려주어야 합니다. 저와 장군이가 함께 여행하는 것을 보시며 장군이가 너무 힘든 것은 아닐까 걱정하시는 분들이 계셨어요. 하지만 저는 항상 장군이의 컨디션을 주의 깊게 보며 장군이가 너무 많이 힘들어하면 모든 일정을 종료할 생각으로 임하고 있어요.

또 처음에는 반려견의 체력을 파악하는 차원에서

저강도 하이킹부터 시작하는 것이 좋습니다. 젊고 건강한 개라면 대체로 사람보다 체력이 좋겠지만, 그래도 개의 반응을 관찰하면서 조금씩 더 멀리, 더 오래 나아가는 식으로 하이킹 수준을 향상해가는 것이 바람직해요. 비교적 평평한 곳을 한 시간 남짓 걸었는데도 여전히 체력이 남아 있다면 다음 하이킹에서는 거리를 늘리거나, 경사진 길을 걷는다거나 하며 서서히 체력과 근력을 키워나가야 합니다.

○   우리 강아지 첫 하이킹, 언제가 좋을까요?

이것은 강아지 산책 시작 시기와 관련된 문제이기도 해요. 우선 강아지들의 자연 면역 발달 속도와 예방접종 일정을 고려해야 하는데요. 과거에는 5차 예방접종까지 다 마친 이후에 산책을 시작해야 한다는 의견이 지배적이었지만, 최근에는 반려견 사회화의 중요성이 대두되면서 다른 개와 직접 접촉하지 않는 선에서 가볍게 산책하는 정도는 괜찮다며 장려되는 추세예요. 태어난 지 4~5개월 이상 되었고, 예방접종을 3~4차 이상 마쳤다면 간단한 뒷산 산책 정도는 괜찮다고 생각합니다.

하지만 어린 강아지들의 뼈는 말랑말랑하고 약하기 때문에 과도한 산책이나 하이킹은 자제해야 합니다. 무거운 짐을 지고 걷게 하는 것도 당연히 성장에 좋지 않고요.

○   나이 많은 반려견과 하이킹을 할 수 있을까요?

나이 많은 반려견일지라도 이전에 꾸준히 하이킹을 해왔다면 무리하지 않는 선에서 하이킹을 계속해나가는 게 삶의 활력을 도모하고 체력과 근육을 유지하는 데 좋아요. 하지만 내 반려견이 나이를 먹었다는 사실을 인정해야 합니다. 장시간의 하이킹이나 너무 덥거나 추운 날 하이킹하는 것은 피해야 한다는 것이지요.

혹시 이전에 하이킹 경험이 없었지만 늦게라도 하이킹을 시작하고자 하는 나이 많은 반려견이라면 급작스러운 운동으로 신체에 무리가 가지 않게 가벼운 둘레길 하이킹부터 즐겨보세요.

○　　　　단두종 반려견과 하이킹할 때의 주의 사항은 무
　　　　　엇일까요?

불독

요크셔테리어

불독·박서·보스턴테리어·요크셔테리어와 같은 단두종
(짧은 머즐종) 개들은 입과 혀를 통해 열을 효과적으로 배
출하지 못하기 때문에 더위를 먹기가 쉽고, 지구력이 필
요한 활동을 할 때 위험에 처할 수 있어요. 그렇다고 야
외 활동을 아예 피하라는 의미는 아닙니다. 호흡을 관찰
하며 다른 개들보다 더 많은 휴식 시간을 가지는 등 조
심한다면 충분히 함께 야외 활동을 즐길 수 있어요.

개와 함께 가기 좋은 트레일 선택하기

○ 국립공원·군립공원·도립공원·휴양림, 우리 함께
  갈 수 있을까?

국내에서 반려견과 함께 산에 가고자 한다면 우선 그곳
이 국립공원·군립공원·도립공원·휴양림은 아닌지부터
확인해야 해요. 이런 곳들은 반려견 동반이 금지되어 있
거든요. 공원 내 혐오감을 조성하고 전염병을 전파할 수
있기 때문이라는데, 저로선 쉽게 납득할 수 없는 말이에
요. 저는 장군이와 유럽에 다녀왔는데, 유럽에서는 개들
도 당연히 국립공원에 들어갈 수 있었고, 아무 문제도
없었거든요.

북한산·설악산·오대산·치악산·태백산·소백산·

국립공원도 우리 함께 갈 수 있으면 좋겠다······

반려견과 함께할 수 있는 YES 댕댕존 자연휴양림.

월악산·속리산·주왕산·계룡산·덕유산·가야산·지리
산·내장산·무등산·월출산·한라산은 국립공원이라 반
려견과 함께 갈 수 없어요. 이외에도 지역에서 운영하는
군립공원과 도립공원, 휴양림이 있는데, 대부분은 반려
견 동반을 금지하고 있지만, 양평 국립 산음 자연휴양림,
영양 국립 검마산 자연휴양림, 장흥 국립 천관산 자연휴
양림과, 올해부터 반려견 동반을 허용하게 된 국립 화천
숲속야영장까지 총 네 곳은 반려견과 함께 갈 수 있어
요. 국립자연휴양림관리소는 앞으로 점차 반려견을 동
반할 수 있는 휴양림을 늘릴 계획이라고 합니다.

○　　　　네발 동물은 전문 등산을 할 수 없어요

어찌 보면 지극히 상식적인 말이지만, 지면이 가파르거
나, 들쑥날쑥하거나, 미끄러운 바위나 암벽으로 이루어
진 산은 반려견과 함께하기에 적합하지 않아요. 반려견
은 사람처럼 암벽등반을 할 수 없는 것은 물론, 밧줄을
잡거나 바위에 박힌 징을 밟고 오를 수도 없거든요.

만약 손잡이 달린 하네스가
있다면 반려인이 어느 정도
도와줄 수는 있어요. 저도

사람은 징을 밟고
올라갈 수 있지만,

댕댕이는 그럴 수
없어요.

반려견과 트래킹할 때 바위산은 피하는 것이 좋아요.

하네스

장군이가 혼자 올라가기 어려운 곳에서는 장군이를 밀어주고 끌어당기며 오르기도 하거든요. 하지만 그러기 위해서는 반려인의 등산 실력이 어느 정도 갖추어져 있어야 하는 것은 물론, 반려견과의 호흡도 잘 맞아야 해요. 개들도 고소공포증을 느끼는 경우가 꽤 많거든요. 만약 몸집이 큰 반려견이 두려움에 빠져 포기하고 주저앉거나, 도망치려고 한다면 반려인과 반려견 모두 위험에 처할 수 있어요. 장군이는 함께한 시간이 쌓여 언제나 저를 믿어주기 때문에 비교적 수월히 함께할 수 있지만, 그렇지 않은 분들은 조금 심심하더라도 오르기 쉬운 산을 찾는 게 좋아요.

반드시 지켜야 할 트레일 에티켓

반려견과 하이킹을 시작하고자 한다면 반드시 트레일 에티켓을 갖추어야 합니다. 우선 훈련을 제대로 받지 않고 반려인의 말에도 따르지 않는 개는 스스로는 물론, 다른 등산객과 야생동물까지 위험에 빠뜨릴 수 있으므로 하이킹을 해서는 안 돼요. 또 가급적 사람과 개가 일대일의 비율로 팀을 이루는 것이 좋습니다. 훈련과 교감이 충분히 이루어진 팀이라면 한 사람당 두 마리까지는 제어할 수 있을지도 모르지만, 그 이상은 힘들어요. 아무리 훌륭한 훈련사라 할지라도 산길에서 개를 세 마리 이상 이끄는 것은 쉽지 않은 일이기 때문이에요. 모두의 안전을 위해서라도 지양해야 한다고 생각합니다.

○   개에게 길의 규칙을 가르쳐라

반려인들은 모든 사람이 개를 좋아하지는 않는다는 것을 잊지 말아야 합니다. 산에서 만나는 등산객들 중에서도 개와 함께 산에 다니는 것에 대해 곱지 않은 시선을 보내는 분들이 계세요. 그렇기에 우리같이 반려견을 동반한 등산객들은 더욱 어깨가 무겁다고 볼 수 있지요. 우리의 행동이 그분들의 인식을 바꿀 수도, 더욱 고착시킬 수도 있으니까요.

따라서 반려견에게 길의 규칙을 가르쳐주어야 합니다. 저 같은 경우, 좁은 등산로를 걷다가 다른 등산객과 마주칠 경우 장군이를 등산로의 바깥쪽에 앉혀놓고, 다른 사람이 먼저 지나가도록 배려하고 있어요. 또 사람이 없을 때는 리드줄을 조금 길게 늘여 자유롭게 다니게 해주지만, 사람이 지나갈 때는 항상 줄을 바투 쥐고 확실히 제 오른편에 붙어 걷게 합니다.

○ '앉아' '엎드려' '기다려'는 정말 중요해요

누나의 TMI

좋아하는 공, 장난감 등으로 훈련해보자.

이 세 가지는 아주 초보적인 훈련이지만, 반려견이 인간 사회에서 함께 살아가는 데 반드시 필요한 기초 예절입니다. 그러니 '굴러!' '빵!' 같은 재주 부리기는 못한다 해도, 이 세 가지는 반드시 익히도록 도와주어야 해요.

'앉아' '엎드려' '기다려'는 하이킹에서도 아주 중요합니다. 반려견의 흥분도를 낮추고 많은 문제 행동을 예방할 수 있기 때문입니다.

○　　　언제든 흥분도를 조절할 수 있는 ON&OFF

산에서 낯선 사람이나 야생 동물을 만난다면?!

집에서 '앉아' '엎드려' '기다려'를 잘하는 반려견이라도 산에 오면 말을 듣지 않을 수 있어요. 새롭고 탁 트인 환경을 만나게 되어 신이 나거든요. 하지만 지나치게 흥분

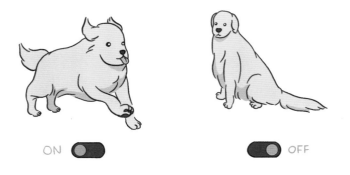

신나게 뛰어놀다가도, 반려인이 부르면 멈춰 서도록 교육해야 해요.

026

하여 반려인에게 전혀 집중하지 못하고 무슨 말을 해도 무시한다면, 다른 사람에게 폐를 끼치거나 위험에 빠질 수도 있어요.

그러니 반려인은 언제든 반려견의 흥분도를 조절할 수 있어야 합니다. 목적지에 도착해 차 문을 열었을 때 반려견이 곧바로 뛰어내리지 않고 내려도 좋다는 신호를 받은 뒤에 내려오도록 하는 것은 기본이고, 자연에서 냄새를 맡고 탐색하면서 자유로운 시간을 보내다가도 반려인이 부르면 곧장 돌아오도록 해야 해요. 그러려면 결국 일관되고 반복적인 훈련이 필요합니다. 반려견이 어릴 때부터 꾸준히 훈련해주면 더욱 좋아요.

○ 사회성은 기본이자 필수 덕목

'사회성'이라고 하면 단순히 다가가 인사를 하고 친근하게 구는 것이라고 생각하기 쉬운데, 저는 진정한 사회성이란 상대방을 불편하게 하지 않는 것이라고 생각합니다. 만약 좁은 등산로에서 다른 개나 사람을 마주쳤는데, 우리 개가 으르렁거리거나 짖는 등 공격적인 성향을 보

앞만 보고 걷기.

인다면 상대방에게 두려움을 줄 수 있어요. 만나서 반갑다며 뛰어드는 경우도 마찬가지입니다. 흥분한 개의 모습만으로도 공포감을 느끼는 사람들이 있거든요. 그러니 어디까지나 자연스럽게 지나칠 수 있어야 합니다. 만약 반려견이 격앙된 나머지 반려인의 말에 집중하지 못한다면 차라리 앉아서 기다리게 하고 상대방이 먼저 지나가도록 하는 것이 낫습니다. 또 다른 개를 마주치더라도 인사를 나누지 않고 지나치는 것이 보다 바람직한 펫티켓이에요.

○　　　LNT(Leave No Trace)

하이킹할 때 등산객들이 지켜야 하는 것이 또 있습니다. 바로 LNT, 한마디로 흔적을 남기지 않는 것인데요. 야외 활동에서 사람이 자연에 미치는 영향을 최소화하기 위해 지켜야 하는 일곱 가지 지침을 의미합니다. 그 지침은 다음과 같아요.

첫째, 사전에 계획하고 준비하기.
둘째, 산행 및 야영은 지정된 구역에서만 하기.
셋째, 있는 그대로 보존하기.
넷째, 배설물이나 쓰레기는 정해진 방법으로 처리하기.
다섯째, 모닥불 사용 최소화하기.
여섯째, 야생 동식물을 존중하기.
일곱째, 타인을 배려하기.

우리나라에서는 임야에서 야영하더라도 불을 전혀 사용하지 않는 것이 원칙입니다. 겨울철 백패킹에서도 물을 끓이기 위한 정도의 최소한의 불만 사용해야 하고,

먹고 남은 간식 봉지도 다시 보자!

그나마도 가급적 보온병에 뜨거운 물을 가지고 다니는 것이 좋지요. 식사도 비화식으로 해야 하는데요. 비화식을 먹으면 따로 요리를 하지 않아도 되어서 쓰레기도 최소화할 수 있고, 과식을 하지 않으니 산에서 용변 볼 일도 줄어들어요.

용변 이야기가 나와서 말씀드리는 것인데, 반려견과 산행을 할 때는 배변 봉투 관리하는 것도 큰일이 됩니다. 지퍼백으로 되어 있는 과자 봉지 같은 것을 챙겨 두었다가 배변 봉투를 담으면 관리하기가 훨씬 수월해져요. 물론 가장 좋은 것은 산행을 시작하기 전에 반려견이 미리 용변을 보게 하는 것입니다. 장군이 같은 경우는 가급적 20~30분 정도 미리 산책하면서 배변을 하고 산에 올라가도록 하고 있어요.

백패킹은 단순히 먹고 즐기다 오는 것이 아닙니다. 작은 휴지 조각, 비닐 봉지 하나도 빠뜨리지 않고 다 가지고 돌아와야 합니다. 사랑하는 반려견과 함께 아름다운 자연을 오래오래 만나고 싶다면 반드시 지켜야 할 수칙입니다!

하이킹 준비물, 무엇이 필요할까?

○   물과 물그릇

너무나 당연하고도 중요한 준비물입니다. 특히 대형견
은 물을 정말 많이 마시기 때문에 2~3시간짜리 짧은 하
이킹에도 물을 넉넉히 2리터 정도는 챙겨 가는 것이 좋
습니다. 물그릇은 아무거나 사용해도 무방하지만, 짐 공
간을 많이 차지하는 것을 피하려면 접이식(휴대용) 물그
릇 하나 정도는 구비해두는 것이 좋습니다.

○ 하네스와 리드줄

리드줄과 하네스 역시 반려견과 외출할 때 너무나 필수적인 준비물이긴 합니다. 하지만 장소의 특성에 따라 줄을 적절히 이용하면 조금 더 편리하게 하이킹할 수 있다는 말씀을 드리고 싶습니다. 가령 자동 줄은 도심에서 사용하기는 어렵지만, 산에서는 매우 유용합니다. 산에서 짧은 줄을 사용하면 내리막길에서 낙상할 위험이 있어요. 개와 사람의 속도 차이가 크기 때문입니다. 그렇다고 긴 줄을 이용할 수도 없습니다. 긴 줄은 자칫 땅에 끌리다가 발에 걸리거나 꼬여버릴 수 있는데, 산을 오르내리면서 두 손을 모두 리드줄 컨트롤에만 사용하기는 어렵잖아요. 줄의 길이를 자동으로 조절해주는 자동 줄을 사용하면 반려견과 반려인 모두 편안하고 안전하게 하이킹할 수 있습니다. (그래도 마주 오는 등산객이 있을 때는 자동 줄의 기능을 제동하여 피해를 주지 않도록 해야 합니다.)

또 산에서는 목줄보다는 하네스를 추천합니다. 특히 손잡이 있는 하네스가 최고예요. 개울을 건너거나 바위 위로 올라야 할 때, 비탈길을 걸을 때 등의 순간에 하네스 손잡이를 잡고 들어주면 반려견을 훨씬 안정감 있게 받쳐줄 수 있거든요.

○　　　인식표

반려견의 신원을 확인할 수 있는 인식표는 평소에도 항상 해주어야 합니다. 반려견을 잃어버렸을 때 찾을 수 있게 해주는 거의 유일한 동아줄이거든요. 최근에는 등산 등 격한 활동을 해도 몸에서 떨어지지 않도록 마이크로칩 시술을 선호하지만, 선택은 각자의 몫입니다.

○　　　안전등

많은 등산 전문 서적이 가방에 손전등 하나 정도는 챙기고 다니라고 조언합니다. 등산할 때는 언제, 어떤 일이 발생할지 모르기 때문이에요. 손전등 외에도 반려견의 목줄이나 하네스에 부착하는 안전등을 가지고 다니면 반려견의 안전을 지켜줄 수 있어요. 빛을 반사하는 재질의 하네스를 입히는 것도 도움이 됩니다.

○   반려견용 빗

산을 헤집고 돌아다니다 보면 우리 털북숭이 친구들 몸에는 온갖 풀씨가 붙어요. 특히 도깨비풀은 피부에까지 파고들어, 자칫 알러지를 유발할 수도 있습니다. 하이킹 직후에 바로 빗질을 해주면 이런 일을 피할 수 있을 뿐만 아니라 진드기도 어느 정도 예방할 수 있어요.

○   수건

하이킹 후 차에 타기 전에 모래와 흙, 진흙 등으로 얼룩진 반려견의 발과 배 부분을 잘 닦아주어야 합니다. 그러지 않으면 얼마 지나지 않아 차가 말 그대로 '개판'이 될 거예요. 또 만약 반려견이 물을 좋아한다면 물놀이 후 털을 말려주기 위해서라도 수건 하나쯤은 반드시 가지고 다녀야 해요. 여름이라 해도 물기를 꼼꼼히 말리지 않고 차에 타면 차량 내 에어컨 바람으로 인해 여름 감기에 걸릴 수 있거든요.

○　　고단백 간식

하이킹 갈 때는 대부분 차를 타고 이동하는데, 반려견이 멀미하지 않도록 일부러 아침을 적게 주거나 주지 않는 경우가 있습니다. 멀미가 아니더라도 운동 전에 지나치게 배불리 먹으면 체할 수도 있기 때문에, 하이킹 전에는 밥을 평소의 절반 정도만 주는 것이 좋아요. 대신 하이킹 내내 틈틈이 고단백 간식이나 사료를 챙겨주도록 합시다. 그러면 근손실 예방에도 좋아요.

백패킹 전 준비해야 할 것들

○   **백패킹 떠나기 전, 먼저 텐트와 친해지자!**

낯선 곳에 텐트를 치고 하룻밤을 보내게 되는 백패킹!
그런데 사람보다 청각과 후각이 예민한 개들은 반려인
이 쿨쿨 잘 자고 있을 때도 잠을 이루지 못하고 보초를
서는 경우가 많아요. 반려견이 얼마나 피곤할까요?

따로 훈련하지 않아도 수차례 백패킹을 다니다 보면 대개 자연스럽게 텐트에서 잠드는 것에 익숙해지지만, 그러지 않는 반려견도 있습니다. 이럴 때는 조금 더 특별한 노력이 필요해요. 집 안에 텐트를 설치하고 그 안에서 반려견과 함께 잠도 자고 밥도 먹으면서 텐트라는 공간에 익숙해지도록 하는 것이지요. 그래야 백패킹 이튿날 사람과 개 모두 피곤하지 않은 아침을 맞이할 수 있어요.

○   백패킹 준비물은 무엇이 필요할까?

① 강아지 가방

저는 장군이와 백패킹을 할 때 장군이에게도 가방을 메게 하고 있어요. 간식·물그릇·배변봉투 등을 장군이 가방에 넣을 수 있어서이기도 하지만, 장군이랑 똑같은 색깔의 가방을 하나씩 메고 나란히 걷는 게 기분이 좋거든요.

하지만 반려견에게 가방을 메게 할 때는 무리가 되지 않도록 세심한 주의를 기울여야 합니다. 우선 가방에 달린 하네스는 손가락 두 개를 그 밑에 끼울 수 있을 정

도로 여유 있게 조이고, 가방의 무게가 한쪽으로 쏠리지 않게 해야 해요. 너무 무겁지 않은지도 확인하고요. 너무 무거운 가방을 메게 하면 반려견이 가방 메는 것 자체에 거부감을 느끼게 될 수 있거든요.

건강한 개의 경우, 총 체중의 3분의 1까지는 들 수 있다고 해요. 30킬로그램 나가는 대형견의 경우 이론적으로 10킬로그램의 짐을 들 수 있다는 건데, 언뜻 들어도 그 정도 짐을 지워주면 반려견 척추 건강에 좋지 않을 것 같죠? 저 같은 경우 부피는 크지만 가벼운 짐 또는 배변봉투를 장군이 가방에 넣는 편이에요. 가방 자체의 무게를 포함하여 총 무게가 2킬로그램을 넘지 않게 합니다.

② 침낭과 매트리스

잠자리는 정말 중요합니다. 늦봄부터 초가을까지는 매트리스를 깔아 바닥에서 올라오는 한기를 막고 등이 배기지 않게 해주는 것만으로도 충분해요. 하지만 겨울 백패킹을 갈 때는 꼭 반려견을 위한 침낭 또는 두툼한 담요를 따로 준비해야 합니다. 겨울 산의 밤에는 영하 10도도 우스운 추위가 도사리고 있거든요. 늦가을부터 초봄까지도 일교차가 커서 밤에는 춥습니다.

사람보다 덜하긴 하지만, 개들도 추위를 탄답니다. 특히 잠들었을 때는 체온이 더 떨어지기 때문에 꼭 체온을 보존해주어야 해요. 반려견 전용으로 나온 침낭이 아니어도 돼요. (반려견 아웃도어 브랜드 제품에는 가격 거품이 있는 경우가 많거든요.) 사람을 위한 봄·가을용(간절기) 침낭이 가격 면에서도, 보온성 면에서도 훨씬 낫습니다.

③ 음식

산에서는 평소보다 에너지를 많이 소모하기 때문에, 개에게도 평소보다 더 많은 양의 밥을 주어야 합니다. 단백질과 지방 함량이 높은 건조식품을 선택하는 것이 좋아요. 한 끼 식사량만큼 개별 포장해서 준비해 가면 더 편합니다.

○   눈이 오면 어떻게 하나요? 방한 준비

설산 하이킹은 낭만적이지만 그만큼 더 위험하기 때문에 준비할 게 많고 까다로워요. 우선 눈 속을 헤치고 걸어야 하기 때문에 체력 소모가 엄청납니다. 그나마 눈이 적게 쌓인 곳을 걸을 때도 바닥이 미끄러워서 평소보다 발걸음이 더뎌지고 힘이 많이 들어요. 때문에 눈이 왔을 때는 넓고 평평하며 잘 정돈된 길을 선택하는 것이 좋습니다.

하지만 말이 쉽지, 실전은 그렇게 녹록하지 않아요. 대체로 눈이 많이 쌓인 길을 걸으며 거의 새로 길을 내다시피 걸어야 하는데, 체력 소모가 매우 크기 때문에 반려인이 앞장서고 반려견은 뒤에서 따라오게 하는 것이 좋아요. 또 얼어붙은 개울과 호수 근처에서 하이킹하는 것은 피해주세요. 개가 5센티미터 두께도 안 되는 얇은 얼음 위를 돌아다니다가 차가운 물에 빠질 수도 있거든요. 구조를 시도하다가 반려인과 반려견 모두가 위험에 처할 수 있어요. 경사가 가파른 지형도 피합시다.

마지막으로 설산 하이킹 코스는 눈이 오지 않았을 때 갈 수 있는 거리의 절반 정도로 계획해야 무리가 없습니다. 특히 관절이나 척추가 좋지 않은 노령견이라면 설산을 장시간 하이킹하는 것은 더더욱 자제해야 합니다. 추운 곳에서 운동하다 보면 몸이 경직되어, 관절염이나 척추염이 있는 개들은 위험할 수 있거든요.

　　다음은 설산 하이킹 시 반려견을 위해 준비해야 할 물품들입니다.

① 코트
눈 위를 장시간 걷다 보면 장모종 개들의 가슴과 다리에는 눈송이가 뭉치게 되는데, 그냥 방치해두면 사람 주먹보다 큰 얼음덩어리가 되어서 걷는 것을 방해해요. 코트를 입히면 이를 예방할 수 있고, 눈에 젖어서 체온이 떨어지는 것도 방지할 수 있습니다. 그게 아니더라도 기온이 영하로 떨어지는 날에는 강아지들의 관절을 보호하기 위해 뒷다리까지 덮어주는 올인원 코트를 입히는 것이 좋습니다.

② 부츠

앞서 말한 눈송이들은 개들의 발바닥 패드 사이 털에도 뭉쳐서 걷는 것을 고통스럽게 해요. 설산 하이킹을 준비하고 있다면 패드 사이에 난 털을 다듬어주는 것이 좋습니다. 또 개들의 발은 유일하게 땀을 배출하는 부위이기 때문에 동상에 걸리기 제일 쉬운 곳인데, 등산 직전에 왁스나 오일 성분의 발 보호제(강아지 전용 발 보습제나 바셀린도 가능)를 얇게 펴 발라주면 동상을 방지할 수 있어요.

신발을 신겨도 됩니다. 하지만 거의 모든 개들이 신발 신는 것을 어색해하기 때문에, 신발을 신겨야 하는 일이 있으면 꼭 미리 신발을 신기고 짧게, 자주 산책하면서 신발에 적응할 수 있는 시간을 주어야 합니다. 이때 주의할 점은 신발이 너무 닳으면 오히려 발에 염증을 유발할 수 있다는 거예요. 양말을 신기거나 발에 붕대나 코반 테이프를 감아준 뒤 신발을 신기면 신발이 벗겨지는 것도 방지하고 발의 염증도 예방할 수 있습니다.

③ 마른 수건

개들은 영하 20도에서도 저체온증에 걸리지 않습니다. 그래도 털과 옷이 젖지 않게 마른 수건으로 틈틈이 닦아주어야 해요. 특히 개들의 얼굴·귀·코·꼬리·발 등 노출되어 있는 말단 부위들은 동상에 걸리기 쉬우므로 얼지 않도록 하이킹 중 수시로 닦아주고 혈액 순환이 잘되도록 부드럽게 마사지해주어야 합니다. 단, 그렇다고 너무 세게 문지르거나 비비면 피부가 상할 수도 있어요.

만약 그랬는데도 옷이나 털이 젖어 개가 몸을 떨거나, 발을 땅에 딛지 못하고 들고 있다면 즉시 하이킹을 끝내고 미지근한 물로(뜨거운 물은 오히려 좋지 않습니다) 천천히 몸을 녹인 다음 체온을 유지해주어야 합니다.

④ 고칼로리 음식

추위 속에서 하이킹을 하면 체온을 높이기 위해 신진대사율이 높아집니다. 그만큼 평소보다 더 많은 칼로리를 필요로 하게 되지요. 반려견용 스튜나 통조림을 미지근하게 데워서 주면 개의 몸을 따뜻하게 하는 데 도움이 됩니다.

사람을 위한 트래킹 준비물

① 등산화

운동화보다는 튼튼한 트래킹화 또는 등산화를 신어주세요. 발이 편안해야 오래, 안전하게 걸을 수 있어요. 산을 오를 때는 등산화 끈을 조금 느슨하게 묶고, 내려올 때는 바짝 조여 단단히 묶어 발등이 앞으로 밀리지 않도록 해요. 쉴 때는 틈틈이 신발을 벗어 발을 말려주세요.

② 배낭

당일 트래킹용 배낭은 겨울철이 아니라면 20~30리터 크기가 적합해요. 외투 등 짐이 많은 겨울에는 40리터 이상의 가방이 있으면 좋아요. 1박 이상의 백패킹을 위해서는 50리터 이상의 큰 가방이 필요하고요. 백패킹 짐을 챙길 때는 침낭처럼 가벼운 짐이 아래로, 텐트와 물, 식량 등 무거운 짐이 가운데로, 몸과 가깝게 오게 합니다. 가방의 맨 위에는 외투와 행동식, 휴지 등과 같이 자주 꺼내는 짐들을 넣으면 됩니다. 배낭을 멜 때는 몸에 완전히 밀착시키고 허리 벨트를 이용해 골반 위로 올라오게 하는 것이 올바른 착용 방법이에요.

③ 행동식

앞서 개들에게 고단백 간식이 중요하다고 언급했었는데요. 사람도 트래킹을 갈 때 간식을 챙기는 것이 중요해요. 잘 상하지 않는 견과류와 열량이 높고 흡수가 빠른 초콜릿바, 에너지바 등을 항상 넉넉하게 챙기는 것이 좋습니다. 배고프기 전에, 배부르지 않게 먹는 것이 산행을 잘할 수 있는 팁이에요.

④ **그 외 준비물**   랜턴, 수통(일회용 대신 개인 수통을 준비해요), 모자, 호루라기, 방수 ·
방풍자켓, 장갑, 보조배터리가 있습니다.

⑤ **백패킹 준비물**   텐트, 침낭, 매트리스가 제가 생각하는 백패킹을 위한 최소한의 준비물입
니다.

• 백패킹 텐트, 자립식과 비자립식, 이를 절충한 반자   • 침낭과 매트리스, 매트리스는 발포 매트리스와 공기
립식이 있습니다.   주입식 에어 매트리스가 있습니다.

위급 상황과 응급처치

○ 　　반려견을 위한 구급상자는 어떻게 채워야 할까?

산책하는 동안, 반려인은 반려견이 독이 있거나 악취 나는 것들을 집어먹지는 않는지 계속 지켜봐야 합니다. 개울에서 물을 마실 때도 조심해야 해요. 또한 위급 상황에 대처하기 위한 응급처치 용품을 반드시 구비해두어야 합니다. 그 목록은 다음과 같습니다.

○ 구급상자 안에 들어가야 할 기본 의약품

항히스타민제(뱀에게 물리거
나 벌에게 쏘였을 때를 위함)

항생제 연고

의료용 가위

스프레이형 파스

일반 밴드&방수 밴드

코반 테이프(자가접착 압박 드
레싱)

식염수&일회용 식염수(소독
및 이물 제거용)

핀셋&일회용 알콜 스왑

가루 연고(지혈용)

이외에도 면봉, 바늘이 없는 20cc 주사기, 농도 3% 과산화수소수, 소금 등을 준비하도록 합니다.

○ 위급 상황, 미리 알고 대처하자

① 발바닥 부상

개의 발은 사람의 발보다 튼튼하지만, 자갈길이나 계곡 길 등에서 장시간 하이킹을 이어가면 패드가 너덜너덜 해지거나 발톱이 빠지는 등 부상을 입을 수 있습니다. 신발(도그 부츠)을 신기면 이를 예방할 수 있어요. 다만 몇 시간마다 한 번씩 신발을 벗겨 발바닥에서 나는 땀을 말려주어야 해요.

하지만 신발은 여러모로 잃어버리기 쉬운 장비인데 반해, 발바닥 부상은 가장 비일비재하게 발생하는 사고여서 완벽하게 예방하기가 쉽지 않습니다. 만약 반려견이 하이킹 도중 절뚝거리거나 발바닥을 핥는 등의 행동을 한다면 발바닥을 살펴보세요. 발바닥 패드가 까졌거나 피가 난다면 식염수로 깨끗이 씻기고 코반 테이프

신발을 신기 싫어하는 반려견들도 있으니 미리미리 적응 연습을 해주는 편이 좋아요.

로 감아 치료해주세요. 붕대를 감은 발 위에 신발을 신기면 한결 편안히 걷는 모습을 볼 수 있을 것입니다.

② 진드기

많이 받는 질문 중 하나가 "진드기는 어떻게 예방하시나요?"입니다. 가장 확실한 방법은 프론트라인·넥스가드·브라벡토 등 외용약을 발라주는 것입니다. 하지만 외용약은 뛰어난 효과만큼 독성이 강하기 때문에, 반려견 기력 손실·구토·설사·피부염 등의 부작용이 발생할 수 있고, 장기간 이용 시 간 손상과 발암 가능성까지 높아지기 때문에 개인적으로 선호하지는 않습니다.

진드기를 피하는 방법
① 옷 입히기
② 외용약 바르기
③ 천연 허브 스프레이 뿌리기

대신 진드기 방지 효과가 있는 유칼립투스나 계피를 활용하여 만든 천연 스프레이를 하이킹 전과 도중에 수시로 다리와 배 아래에 뿌려주면 어느 정도 예방 효과가 있습니다. 얇고 가벼우면서 네 다리와 몸통을 모두 감싸는 옷을 입히는 것도 방법입니다. 옷을 입히면 진드기 및 벌레를 피할 수 있는 것은 물론, 털에 가시덤불이 붙거나 풀독이 오르는 것도 예방할 수 있어요. 하지만 뭐니 뭐니 해도 최고의 예방은 풀숲에 들어가지 않게 하는 것입니다.

또 매일 하이킹을 마치면 털을 꼼꼼히 빗어주어 털에 붙은 진드기들을 떼어주어야 합니다. (저는 이제 진드기 고르기 달인이 되었답니다.) 진드기가 이미 몸에 붙어서 피를 빨고 있다면 핀셋으로 머리까지 완벽하게 뽑아낸 다음 소독약이나 항생제 연고로 치료합니다. 하지만 이빨이 단단한 참진드기의 경우, 손으로 억지로 떼려고 하면 이빨은 피부에 남은 채 몸만 분리되어 염증을 유발하니 주의해야 합니다.

③ 풀씨

풀숲을 헤집고 다니다 보면 개의 털은 물론, 발가락 사이사이·코·귀·눈과 같은 민감한 부위들에 도깨비바늘 등 풀씨가 달라붙어요. 엉겨 붙는 풀씨들을 손으로 억지로 뜯어내면 피부에 자극을 주게 됩니다. 풀씨들이 기승을 부리는 봄철에는 산행을 하기 전 에센셜 오일이 든 그루밍용 스프레이와 빗으로 미리 털을 정리해주면 어느 정도 예방할 수 있고요. 붙더라도 오일을 발라 부드럽게 빗어주면 쉽게 떨어져 나갑니다.

④ 수인성 질병

수인성 질병은 병원성 미생물에 오염된 물로 인해 걸리는 질병을 의미합니다. 가장 흔한 증상은 설사와 구토이며, 간혹 피부·귀·호흡기 또는 안과 질환도 나타날 수 있습니다. 개들도 인간과 마찬가지로 수인성 질병에 감염되기 쉽습니다. 녹조류가 낀 물이나 썩은 내 나는 고인 물에는 절대 들어가지 못하게 해야 합니다. 소나 가축을 키우는 목장 옆을 흐르는 물에 들어가는 것도 위험합니다.

⑤ 초파리

여름철 하이킹을 괴롭게 하는 최악의 요인 중 하나는 바로 윙윙거리며 얼굴 주위를 맴도는 초파리 떼입니다. 초파리는 반려견들의 얼굴 주위를 날아다니다가 눈가에 달라붙어 알을 낳는데, 이 알들이 부화하면 안충이 되어 눈 속에서 기생하기도 해요. 개의 눈 위로 하얀 실지렁이 같은 것들이 보이면 이미 눈 속에 수십 마리의 안충

도글라스

식염수

기피 스프레이

나그참파 향

이 기생하고 있다는 뜻입니다. 병원에 데리고 가면 개의 성격에 따라 마취까지 해야 할 수도 있어요.

　사람은 손을 휘저어 초파리를 쫓을 수 있지만, 개들은 달려드는 초파리들을 쫓을 방도가 없습니다. 반려견에게 '도글라스'를 씌워주면 눈을 보호할 수 있어요. 나그참파 등 향을 피우면 벌레를 쫓는 데 효과적이고요. 산행을 마치고 일회용 안약을 넣어 눈을 닦아주면 좀 더 확실하게 안충을 예방할 수 있습니다.

⑥ 뱀
장마가 끝나고 난 후 7월에서 10월까지는 뱀을 특히 더 주의해야 합니다. 뱀이 비에 젖은 몸을 말리기 위해 양

○ 독사와 독 없는 뱀 구분법

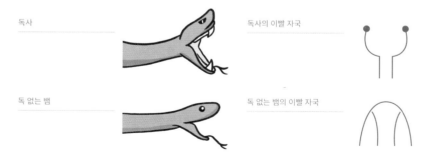

독사

독사의 이빨 자국

독 없는 뱀

독 없는 뱀의 이빨 자국

지로 많이 올라오기 때문이에요.

반려견이 뱀에게 물렸다면 수의사에게 데려가는 게 급선무입니다. 항히스타민제를 먹여 알레르기 반응을 줄이고 즉시 하산해야 해요. (개에게는 먹는 항히스타민제가 효과적이지 않다는 견해도 있지만, 병원에 가도 항히스타민제를 처방해줘요.) 뱀에게 물렸을 때는 독이 몸에 퍼지지 않도록 가만히 눕혀두어야 한다지만, 대형견은 안고 달릴 수가 없으니 뱀에 물린 부위를 차갑고 깨끗한 물로 충분히 씻어낸 후 가볍게 압박하고 직접 걸어가게 할 수밖에 없어요. 급작스러운 상황에 반려인도, 반려견도 모두 많이 당황스럽겠지만, 최대한 반려견을 안정시키고 물린 장소와 시간, 정황과 증상의 진행 등을 빠르게 파악해서 수의사에게 가야 합니다.

독사든 아니든 일단 뱀에 물리면 피부가 부풀어 오르는 국소종창이 발생합니다. 개가 뱀에게 물리는 장면을 직접 보지 못했어도, 개의 활력이 눈에 띄게 가라앉고 국소종창이 발생한다면 뱀에 물리지는 않았는지 의심해보아야 해요. 반려견을 문 뱀의 사진을 찍어 독사인지 아닌지 파악하는 것이 좋지만, 그러지 못했을 경우에는 물린 자리를 확인해보세요. 이빨 자국이 있으면 독사입니다. 또 만약 독사에게 물렸을 경우 국소종창이 악화되면서 혈액이 응고합니다.

⑦ 야생동물

원래 대부분의 야생동물은 사람의 기척을 느끼면 먼저 도망칩니다. 또 쇠붙이 소리를 싫어하기 때문에 방울을 달고 다니면 도움이 돼요. 하지만 그렇게 했음에도 길 위에서 고라니·멧돼지·들개 등 야생동물과 마주친다면, 절대 반려견이 가까이 가지 못하게 막아야 합니다. 그러지 못해서 불미스러운 사고가 일어난다면 그것은 반려인의 잘못입니다. 이성을 잃고 야생동물을 쫓아갔다가 다시 반려인에게 돌아오지 못하는 경우도 있어요.

최고의 방법은 항상 반려견을 가까이 두는 것이지만, 그래도 야생동물과 맞닥뜨렸을 때는 우선 반려견이 흥분하여 짖거나 달려들지 못하도록 앞을 막아서야 합니다. 멧돼지 앞에서 뛰어 달아나는 것은 위험한 행동입니다. 멧돼지는 시력이 좋지 않기 때문에 눈을 똑바로 마주하고 숨을 죽인 채 수건이나 우산을 펼치고 바위나 나무 뒤에 숨도록 합니다.

만약 반려견이 야생동물에게 물린다면, 생리식염

수나 희석한 소독제로 상처를 여러 차례 씻어내 균이 상처에 침투하지 못하게 해야 합니다. 그래도 일단 상처를 입으면 광견병 감염 위험이 있기 때문에 즉시 병원에 가야 합니다.

⑧ 유박비료

유박비료는 식물을 키우기 위해 텃밭이나 화단에 많이 뿌리는 천연 유기질 비료입니다. 유박비료의 재료가 되는 아주까리(피마자) 씨앗에는 리신이라는 강력한 독성 물질이 있는데, 매년 수많은 반려견들이 유박비료를 먹고 목숨을 잃습니다. 생긴 것이 반려견 사료와 비슷하고 고소한 냄새가 나서 사료로 착각하고 먹어버리는 것이지요.

유박비료 중독 증상으로는 구토·보행장애·복통·고열·출혈성 설사·발작 등이 있으며, 치사율은 약 85퍼센트나 됩니다. 체중이 5킬로그램 정도 되는 강아지의 경우 100밀리그램만 먹어도 치사량입니다. 그 정도로 위험한 물질인데, 아파트나 공원 내 화단에도 심심치 않게 쓰이고 있어 문제입니다.

우선 도시에서 유박비료를 먹었다면 신속하게 병원으로 가서 구토 유발제 주사를 맞고 위세척을 한 후,

활성탄을 먹여 위에 남은 비료가 흡수되는 것을 막고, 수액을 맞으면 됩니다. 하지만 반려견이 산이나 들에서 유박비료를 먹는 상황이 발생한다면 병원에 가기 전에 전부 소화되어버릴 수도 있어요. 이럴 때는 반려인이 직접 개가 삼킨 유박비료를 토해내도록 유도해야 합니다. 그 방법으로는 우선 소금물을 먹이는 것이 있습니다. 따뜻한 물에 소금을 더 이상 녹지 않을 때까지 잔뜩 녹인 후 주사기를 이용해 먹이면 되는데요. 먹이는 양은 정해져 있지 않지만, 5킬로그램 이하의 강아지는 20~30cc, 그 이상은 50cc 정도 먹이면 대체로 자연스럽게 구토를 하게 됩니다. 만약 소금이 없다면 농도 3% 과산화수소수를 먹이는 방법도 있어요. 하지만 이는 어디까지나 응급처치일 뿐, 과산화수소수가 위와 식도를 상하게 할 수도 있으므로, 당장 병원으로 가 위장 보호 주사를 맞고 치료를 받게 해야 합니다.

⑨ 염화칼슘

도시에서는 겨울철 눈을 녹이기 위해 도로에 공업용 소금인 염화칼슘을 많이 뿌립니다. 반려견들이 맨발로 이를 밟게 되면 화상을 입은 듯한 고통을 느끼게 되고, 실제로 화상을 입어 물집이 생기거나 상처를 입을 수 있습니다. 따라서 신발 신는 연습을 꾸준히 하는 게 좋습니다. 아무리 연습해도 반려견이 도무지 신발을 신으려 하지 않는다고요? 그렇다면 코반테이프로 발을 감싸서 패드를 보호할 수도 있습니다.

이외에도 반려견이 염화칼슘을 먹게 되면 구토나 설사를 일으킬 수 있으니 반려인은 각별한 주의를 기울여야 합니다.

⑩ 열사병

뜨거운 여름, 지글지글 내리쬐는 태양 아래에서 오랫동안 트래킹하는 일은 털북숭이 친구들에게 위험할 수 있어요. 개들은 사람처럼 땀을 흘리지 않고 호흡으로 체온을 조절하기 때문에 열이 쉽게 빠져나가지 못하거든요. 게다가 사람보다 체고가 낮기 때문에 지면의 반사열을 더 가까이서 받게 되어 열사병에 걸리기 쉽답니다. 열사병의 일반적인 징후로는 안색이 창백해지고 잇몸이 마르는 것 외에도 과호흡, 과도한 헐떡임, 침의 양 증가, 빠른 맥박, 혼돈, 설사, 허약, 구토, 직장 출혈 등이 있습니다. 여기서 더 악화되면 발작이나 혼수 상태로까지 이어질 수 있어요.

여름에 트래킹할 때는 이른 아침과 늦은 오후 시간을 이용하고, 수시로 시원한 물을 마시게 해주세요. 또 뜨거운 아스팔트 길은 피하고 가능한 한 잔디나 흙 위를 걷도록 합시다. 검은색 털을 가진 친구들은 등을 가려주는 얇은 옷을 입히면 좋답니다. 또 강아지 기능성 옷들 중에 물을 부으면 시원해지는 쿨링 제품들이 있으니 입혀봐도 좋아요.

살뜰히 보살피고 충분한 주의를 기울인다면, 여러분의 반려견은 훌륭한 모험 친구가 될 수 있어요. 위의 조언들을 유념하셔서 반려견과 멋지고 행복한 추억을 만들어가시길 바랍니다!

2

걷는 길

지금까지 우리 누나 설명 잘 들었지?
이제부터는 내가 다녀온 여행지를 소개하려 해!
잘 따라오라구 친구들!

소박하고 아름다운 호수 마을

비수구미

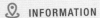 **INFORMATION**

장소 강원도 화천군 화천읍 동촌리 (비수구미)

코스
마을 입구~비수구미 마을~에코스쿨 캠핑장~마을 입구

걷는 거리 약 10킬로미터
걷는 시간 약 5시간
난이도 ★★☆☆☆

강원도 깊은 곳에는 아직까지 사람의 발길이 닿지 않은 오지 마을들이 있어. 맨 처음 소개할 곳은 강원도 화천에 숨은 비수구미 마을이야. 비수구미 마을은 6·25 전쟁 때 숨어들어 온 화전민 백여 명에 의해 시작되었다는데, 지금 마을을 지키고 있는 주민들은 열 명도 채 되지 않아.

비수구미 마을 앞에는 큰 파로호가 있어서, 마을에 들어

가려면 배를 타거나 뒤쪽에 있는 산을 넘어야 해. 지금은 산 옆을 따라 걸어올 수 있는 길도 생겼어. 호수에 다리가 놓였기 때문이야. 우리는 어떻게 들어갔냐고? 등산 마니아인 누나랑 나는 당연히 산행을 택했지! 역시 차 타고 가는 것보다는 뚜벅 뚜벅 걸어서 아름다운 경치를 직접 마주하는 걷기 여행이 더 재미있는 것 같아. 하지만 어느 길을 선택하더라도 마을 안까

지는 차가 들어가지 못하기 때문에 반드시 산길을 따라 걸어야 해. 오직 맨몸으로만 마을에 들어갈 수 있다는 건데, 그 점이 비수구미 걷기 여행의 재미를 극대화해주는 것 같아.

해발 약 702미터 국내에서 가장 높은 곳에 있는 해산터널에서부터 마을까지 약 6킬로미터 정도를 걸어 내려가거나, 호수 옆에 주차하고 산길을 따라 걸어 들어갈 수도 있어. 해산터널에서부터 내려가는 길은 원시림이 울창하고 맑고 깨끗한 계곡이 흐르고 있어서(계곡 하류는 파로호로 이어져!) '생태길'이라고도 부르지. 하지만 당일치기로 다녀오기는 조금 무리가 있는 코스여서 우리는 호수 옆으로 들어가는 길을 택했어.

비수구미를 처음 찾았을 때는 내비게이션으로 '비수구미'를 검색한 후 차가 더 이상 들어갈 수 없을 때까지 비포장도로를 나아갔는데, 그러다 보니 어느 순간 산길이 나타났어. 길가에 주차하고 데크가 깔린 산길을 따라 걷다 보니 마을로 들어가는 다리가 나왔었지. 그런데 이번에 갔을 때는 여름 내내 쏟아진 비에 길이 완전히 잠겨버렸지 뭐야? 그래서 이장님 배를 타고 마을 입구까지 이동했어.

선착장에서 나오면 흔들다리가 있고, 작은 비수구미 마을이 나타나. 마을 오른쪽에 보이는 검은 지붕 집이 이장님 댁인데, 나물 비빔밥을 팔고 계셔. 우리처럼 뱃삯을 내면 모터보트를 태워주시기도 하고.

우리는 에코스쿨 생태체험장 캠핑장까지 갔다 오는 것

비수구미 흔들다리 위에서.

누나의 TMI

에코스쿨 생태체험장
캠핑장은 작은 데크와
잔디 사이트가 있는 아
기자기한 캠핑장이다.
이용료는 인당 만 원 정
도인데, 지금은 코로나
19로 인해 휴장 중이다.
(어차피 반려견 동반이
불가능한 곳이기는 하
다. 하지만 비수구미 마
을 옆 평화의 댐 캠핑장
은 반려견을 동반할 수
있다.)

으로 트래킹 계획을 세웠어. 마을 입구에서 캠핑장까지의 거
리는 편도 4킬로미터 정도야. 캠핑장에서 도시락을 먹고 돌아
오기로 했어!

　마을을 벗어나면 바로 숲길이 시작돼. 차가 한 대도 다니
지 않는 이 비포장도로는 동네 주민들이 다니는 길이야. 가다
보면 띄엄띄엄 집들이 서 있고, 매 집마다 꼭 하나씩 선착장
과 배가 있어. 이곳에서는 배가 없으면 장 보러 나가기도 힘들
어서 그렇다는데, 이 이색적인 풍경이 참 신기했어. 그런데 길
위에 철조망이 쳐져 있더라고. 전에 왔을 때는 없었던 것 같은

데. 철조망이 아름다운 호수를 가리고 있다는 것이 조금 아쉬웠지만, 아프리카돼지열병 확산을 방지하기 위함이라니 어쩔 수 없지. 부디 꿀꿀이 친구들도 모두 아프지 않고 건강했으면 좋겠어!

에코스쿨 캠핑장까지 가다 보면 1킬로미터마다 이정표가 나와. 3킬로미터 지점에서 조금만 더 걸어가면 제법 큰 계곡을 만날 수 있어. 어느 순간부터 숲길이 끝나고 뙤약볕이 이어져서 은근히 더웠는데, 딱 맞춰 나타나준 계곡이 그렇게 반가울 수가 없었지. 평소 물을 엄청 좋아하는 편은 아니지만, 이날은 풍덩 들어가서 열기도 식히고 목도 축였어.

에코스쿨 캠핑장은 코로나19로 운영을 중단한 지 꽤 되었지만, 잔디밭은 여전히 깨끗하게 정돈되어 있었어. 텅 빈 캠핑장에서 충분히 휴식을 취하고 왔던 길을 되돌아갔어. 마을 입구쯤 이르자 누나의 휴대폰이 띠링띠링 시끄럽게 울어댔지. 배 시간이 된 거야.

배를 타고 마을을 나섰어. 이장님의 모터보트가 잔잔한 호수 위에 하얀 포말을 만들며 달렸어. 시원한 바람을 맞으니 기분이 좋았지. 자동차를 타고 드라이브하는 것도 좋지만, 배를 타고 호수 위를 달리는 것도 참 신나네.

비수구미 마을에서는 언제나 이렇게 소소하지만 다양한 경험을 할 수 있어. 오늘 우리도 새로운 추억을 하나 더 가슴에 담았지.

우리 함께 보는 노을

죽주산성

 INFORMATION

장소 경기도 안성시 죽산면 매산리 산105-1 (죽주산성 동문지)

———

코스
동문지~북문지~서문지~비봉산 정상~서문지~남문지~동문지

———

걷는 거리 약 5킬로미터
걷는 시간 약 2시간
난이도 ★★☆☆☆

오늘은 서울 근교 가볼 만한 곳을 소개해줄게. 바로 안성에 있는 죽주산성이야! 기념물 제69호이자, 안성 8경 중 하나로 지정되어 있어. 삼국시대에 축조되었고, 고려 고종 때 송문주 장군이 몽골군을 막아낸 곳으로 알려진 역사적 장소지. 지금 보는 모습은 조선 시대에 복원한 것이라고 해. 수많은 나무로 둘러싸인 산성길을 걷다 보면 비봉산 정상으로 이어지는 등산로가 나오는데, 숲 그늘이 태양을 가려주어 시원하게 산행할 수 있어.

우리는 동문지 아래 주차장에 차를 댔어. 가파르지만 낮은 오르막을 오르면 성문이 하나 나오는데, 그게 바로 중성 동문지야. 문 안쪽으로 들어가, 널찍하니 공원처럼 잘 꾸며놓은 산성 내부를 잠시 둘러보고 오른쪽 산성으로 올라갔어. 죽주산성은 내성·중성·외성의 삼중 구조인데, 우리는 중성을 기준으로 반시계 방향으로 산성을 돌 계획이었지.

죽주산성 성벽 윗길은 자연과 어우러져 아름다워. 푸릇푸릇한 잔디들까지 올라와 있어, 폭신한 카펫이 되어주지. 깔끔하고 부드러운 잔디밭에 나도 모르게 계속 뒹굴거리게 되었어. 가는 길은 키 큰 나무들이 우거져 있어서 내내 시원했지. 누나와 발맞춰 잘 보존된 성벽길을 걷다 보니 북부 포루와 함께 죽주산성의 트레이드 마크 오동나무가 나타났어. 나무 옆에 서니 안성의 너른 들판이 쫙 펼쳐지는데, 이곳이 요새 SNS에서 나름 핫한 장소라고 해서 우리도 사진 한 장 찍었어. 운

동장같이 넓고 탁 트인 터에 홀로 서 있는 나무가 조금 외로울 것 같았는데, 잠깐이나마 함께 시간을 보낼 수 있어서 기뻤어.

죽주산성 주위에는 높은 산이나 건물이 없기 때문에 성곽길을 걷는 내내 답답하지가 않아. 일출과 일몰을 보기에도 안성맞춤이라는 뜻이지. 그래서 우리도 일몰을 보고 내려오기로 했어. 북문지를 지나쳐 바로 서문지로 향했어. 서문지는 내성, 외성, 중성이 만나는 교차점이야. 이곳에서 외성 성곽 위를 걸어서 비봉산(해발 약 372미터)으로 향했지. 서문지에서 비봉산 정상까지는 편도 1.4킬로미터, 왕복 3킬로미터 정도인데, 우리처럼 운동을 조금 더 하고 싶다면 이곳까지 다녀오는 것도 좋을 것 같아. 근데 사실 비봉산에는 그리 특별한 구경거리가 없어. 그래도 등산로에 철쭉나무들이 많은 것을 보니, 봄

에 오면 제법 꽃구경하기 괜찮을 것 같아.

　비봉산에서 내려와 외성 쪽 서문지를 뒤로하고 중성 남
문지로 향했어. 이름에서도 알 수 있듯, 노을을 보기 좋은 곳
은 중성 서쪽에 있는 서남치성이야. 하지만 아직은 해질 때가
되지 않은 것 같아 서남치성, 남문지, 동남치성까지 갔다가 다
시 중성 동문지로 돌아왔어. 그리고 시원한 약수를 한 잔 마셨
지. 산성 안에는 절도 있고 송문주 장군님을 모시는 사당도 있
는데, 역사 유적에는 관심이 별로 없어서 꼼꼼히 살펴보지는
않았어.

　어느새 노을이 물들 시간이 되었어. 송문주 장군 사당 뒤
편으로 난 내성 성곽길을 따라 중성 서남치성으로 올라갔어.

시간을 딱 맞춘 것 같아. 태양이 저 산 너머로 넘어가고 있었지. 누나는 카메라를 꺼내 들었어. 기념사진을 찍어야 한다는 거야. 조금 귀찮았지만, 못 이기는 척 찍어줘야지 뭐.

　　잠시 모델이 되어주고 성곽 위에 앉은 누나 옆에 앉았어. 언젠가 누나는 자신이 보는 노을과 내가 보는 노을은 같지 않을 거라고 말했어. 사람이 볼 수 있는 색과 개들이 볼 수 있는 색이 다르다는 거야. 하지만 나는 노을은 아무래도 좋아. 지금 누나랑 궁둥이 붙이고 나란히 앉아 있는 이 시간이 정말 좋은걸.

　　해가 완전히 떨어진 뒤 동문지 주차장으로 돌아왔을 때, 어두컴컴해진 주차장에는 우리밖에 없었지. 죽주산성은 평소에도 사람이 붐비는 곳은 아니야. 한적하고 여유로운 산책을 원한다면 한 번쯤 방문해보길 바라.

아름다운 마음들이 모여서

솔향기길

INFORMATION

장소 충청남도 태안군 이원면 내리 41-10 (만대항)

____

코스
만대항~당봉전망대~여섬~용난굴~꾸지나무골 해수욕장

____

걷는 거리 약 10.2킬로미터
걷는 시간 약 4시간 30분
난이도 ★★★☆☆

태안 해안에는 걷기 좋은 길들이 여럿 있어. 솔 내음을 맡으며 걷는 66.9킬로미터 솔향기길과 낙조가 아름다운 서해를 한없이 바라보며 걸을 수 있는 103.4킬로미터 해변길, 태을암부터 가영현 생가를 잇는 6킬로미터 솔바람길 등. 하지만 태안해변길은 태안해안국립공원에 속해서 우리들은 갈 수가 없어. '반려동물 출입 금지'라고 큼지막하게 적힌 현수막이 곳곳에 붙어 있는 살벌한 곳이지. 하지만 솔향기길은 국립공원이 아니어서 우리도 걸을 수 있어.

솔향기길은 2007년 원유 유출 사건을 계기로 만들어졌어. 나는 아직 태어나기도 전이었던 2007년 12월 7일, 허베이 스피리트호 유조선과 삼성중공업 크레인 바지선이 태안 앞바다에서 충돌했어. 총 12,547리터의 원유가 서해 한가운데 쏟아졌고, 검은 기름은 재앙이 되어 온 바다를 덮었지. 그리고 죽어가는 바다를 구하기 위해 전국에서 자원봉사자들이 모여들었어. 하지만 차가운 바닷바람과 메스꺼운 기름 냄새는 물론이고, 자원봉사자들이 다니기에 너무 가파르고 위험한 만대항 주변의 산길이 문제가 되었대. 그것을 안타깝게 여긴 차윤천 아저씨는 자원봉사자들이 안전하고 편안하게 다닐 수 있도록 나무와 나무 사이를 밧줄로 연결하고, 삽으로 땅을 고르기 시작했어. 임시로 길을 내기로 한 거지. 그렇게 열심히 일하다 문득 고개를 들어 바다를 바라보았는데, 경관이 매우 아름다웠대. 언제든 이 길을 산책하며 바다를 바라볼 수 있으면 정말

솔향기길 트래킹 숲발!

좋겠다는 생각이 절로 들 정도로. 그때부터 본격적인 산책로를 만들기 시작하셨다는데, 그렇게 탄생한 길이 솔향기길 1코스야. 파도 소리를 듣고 천혜의 해안 경관을 감상하며 걸을 수 있는 매력적인 길이지. 피톤치드 가득한 솔향과 바다 내음은 보너스고!

솔향기길은 총 다섯 코스로 되어 있는데, 그중 원유 유출 사건이 발생했던 만대항에서부터 꾸지나무골 해수욕장까지

●●
바다 옆을 걷다 보면 어느새 만나게 되는 소나무숲길.

약 10킬로미터를 걷는 1코스의 인기가 압도적이야. 1코스를 따라 걷다 보면 바닷가도 지나고 산길도 지나게 돼. 바다 옆에서 출발하여 걷다 보면, 곧이어 가파른 산길이 나오지. 그래도 전 구간이 울창한 소나무숲을 끼고 있기 때문에 산림욕하기에도 참 좋아.

내비게이션에 '만대항'을 찍고 찾아오면 항구 끝에서부터 길이 시작되는데, 항구 제일 안쪽까지 들어가서 차를 주차하면 돼. 차에서 내려 바다를 따라 걷는데, 이전에는 없던 데 크가 생겼어. 데크가 없을 때는 만조 시간에 이곳을 지나갈 수 없어서 찻길로 돌아가야 했는데, 데크 덕분에 만조 때도 건널 수 있게 되어서 정말 좋았어.

파란 바다 위에 놓인 데크길을 걸으니 마치 바다 위를 걷는 것처럼 환상적인 기분이었어. 맑고 화창한 날씨도 한몫한 듯해. 하지만 편한 데크길도 잠시, 곧 왼편에 산길이 나타나. 하지만 그 뒤로는 다시 해안길이야. 솔향기길은 바다를 끼고 산길과 해변길이 계속 번갈아가면서 등장해. 하지만 길 잃을 걱정은 하지 않아도 돼. 데크길을 만들면서 새로 교체한 이정 표들이 적재적소에 나타나 갈 길을 알려주거든. 다만 산길이 생각보다 가파르고 험해서 마냥 걷기 수월한 곳은 아니야. 속 도도 잘 나지 않고 꽤 힘이 들지만, 그래도 잠시 멈춰 서서 시 원한 바닷바람을 맞으면 땀도 고단함도 순식간에 날아가. 틈 틈이 만나게 되는 바다에서 수영을 하면서 천천히 가는 것도 좋아.

푸른 바다는 큰 아픔을 겪었다고는 생각할 수도 없을 만 큼 보석처럼 영롱하게 빛났어. 자연을 지키려 노력했던 이들 의 아름다운 마음 덕분이겠지. 태안에 오게 된다면 바다에 가 는 것도 좋지만, 바다를 바라보며 트래킹해보기를 추천해. 소 나무숲이 내뿜는 피톤치드를 가슴 깊숙이 들이마시며 걷다 보

친구들아, 소개할게, 얘는 작년 봄 만난 내 동생 인주야. 이 책에도 종종 등장할 거야!

면 단조로운 일상에 찌뿌둥했던 몸과 마음이 개운해지는 기분이 들거든. 이 또한 아름다운 자연을 많은 사람들과 함께 나누고 싶어 했던 이의 소중한 마음 덕분이야. 그래서인지 솔향기길에서의 시간은 더욱 행복했던 것 같아. 바다야, 소나무들아, 앞으로도 아프지 말고 아름다운 모습 그대로 건강하자!

그리팅맨이 반겨주는

연강나룻길

 INFORMATION

장소 경기도 연천군 군남면 선곡리 614-5 (군남홍수조절지 두루미테마파크)

———

코스
두루미테마파크~개안마루~옥녀봉~여울길~두루미테마파크
연강나룻길은 옥녀봉을 중심으로, 두루미테마파크 외에 로하스파크, 중면사무소를 출발·도착지로 하는 코스
도 있다. 두루미테마파크 코스가 너무 길어서 부담되시는 분들에게는 로하스파크에서 떠나고 돌아오는 5.7킬
로미터짜리 코스를 추천한다.

- **A코스** 두루미테마파크~여울길~옥녀봉~두루미테마파크 (8.7킬로미터)
- **B코스** 로하스파크~옥녀봉~로하스파크 (5.7킬로미터)
- **C코스** 중면사무소~옥녀봉~중면사무소 (7.4킬로미터)
- **직선 코스** 두루미테마파크~옥녀봉~중면사무소 (7.7킬로미터)

———

걷는 거리 약 8.5킬로미터
걷는 시간 약 4시간
난이도 ★★☆☆☆

안녕, 댕댕이 친구들! 오늘 소개할 곳은 연천에 있는 연강나 룻길이야. 연천은 DMZ를 따라 조성된 평화누리길과 한탄강 주위로 조성된 지질 트래킹 코스 등 다양한 트래킹 코스가 개 발되어 있기 때문에, 걷는 것을 좋아하는 댕댕이 친구들이라 면 가족과 함께 꼭 와봐야 할 곳이야. 특히 북한을 지척에 두 고 있어서 도심에서는 느낄 수 없는 한적함과 깨끗한 공기, 자 연환경을 만날 수 있는데, 그 재미가 기가 막히다구!

　　연강나룻길은 평화누리길 중 11코스에 해당해. 군남홍수 조절지 두루미테마파크에 주차한 후 옥녀봉까지 갔다가 돌아 오는 순환 코스야. 이날 두루미를 직접 만나지는 못했지만, 난 두루미테마파크라는 이름이 참 마음에 들어. 천연기념물 두루 미가 매년 겨울마다 이 지역에 머무르기 때문에 붙인 이름이 래. 생태 습지와 편의시설들이 참 깔끔하게 정비되어 있고, 이 름에 걸맞게 곳곳에 다양한 두루미 조형물들이 설치되어 있 지. 차에서 내려 참았던 쉬도 누고 마음에 드는 곳에 똥도 쌌 어. 역시 트래킹할 때에는 장을 비워내고 홀가분한 마음으로 출발해야 기분이 좋거든.

　　테마파크를 지나 댐 시설 오른쪽으로 울타리 친 아스팔 트 오르막을 오르면 심은 지 몇 해 되지 않은 키 작은 묘목들 이 가지런히 늘어선 길을 만나. 이후 조금 가다 보면 다시 오 르막길이야. 짧게 기합을 넣고 계단으로 된 오르막을 오르고 나면 멋진 풍경을 볼 수 있는 능선 전망대가 나타나. 이곳에서

오산도 트래킹 출발!

오른쪽으로 오르면 숲이 살짝 우거진 편한 임도가, 왼쪽의 가파른 내리막으로 내려가면 조금 고되지만 풍경이 탁 트인 길이 있지. 오르막과 내리막이 꾸준히 번갈아가며 이어지기 때문에 긴장이 풀리지 않는 상태로 트래킹을 즐길 수 있어. 운동 부족 친구들에게 추천하는 코스야. 그런데 이곳의 가로수들은 키가 작아서 제구실을 하지 못해. 한겨울에 오는 것이 아니라면(여름에는 절대 오지 마!!!), 이른 아침이나 늦은 오후에 가는 걸 추천할게.

나랑 누나는 이 길을 참 자주 걸었는데 제일 기억에 남는

트래킹은 늦저녁에 찾았던 어느 가을날이야. 해가 뉘엿뉘엿 넘어가고 있던 터라 부지런히 옥녀봉으로 향하는데, 노을빛에 황금색으로 물든 들판과 금가루를 뿌린 듯 반짝이는 강물에 그만 마음을 빼앗기고 말았지. 바쁘게 내뻗던 네발을 멈추고 완전히 빠져들었어. 이곳은 휴전선에서 불과 4킬로미터밖에 떨어지지 않아, 자연의 고요한 숨결을 있는 그대로 느낄 수 있어. 그 어떤 자동차도, 빛도, 소음도, 공해도 방해하지 않아. 개안마루 중턱에 누나랑 궁둥이를 붙이고 나란히 앉아서 저무는 해를 바라보았어. 내 뒤통수를 쓰다듬는 누나의 손길을 느

끼며 생각했지. 참 행복하다고.

　　옥녀봉 정상에 가면 키 큰 '그리팅맨'이 기다리고 있어. 키가 한 2미터 정도 된다는데, 처음 봤을 때는 좀 의아했어. 저렇게 내내 몸을 숙이고 있으면 허리 아프지 않나? 알고 보니 옥녀봉 정상에서 조금 쌩뚱맞게 인사를 하고 있는 그리팅맨은 남과 북이 겸손한 자세로 소통하며 화해와 평화의 길로 나아가자는 의미를 가지고 있대. 그리고 북에서 흘러온 임진강의 물줄기가 휴전선을 넘어 처음 남쪽 땅과 만나는 이곳에 평화통일을 염원하는 마음으로 놓은 길이 바로 이 연강나룻길이라

멀리서도 티가 나는 존재감.

는 거야!

누나의 TMI

트래킹 중간중간 쉬며 반려견이 단백질을 섭취하게 해주는 것이 중요하다. 지나치게 배가 불러 트래킹에 영향을 주지 않을 정도로만 주고 휴식을 취하도록 한다.

옥녀봉에서 그리팅맨과 인사를 나눈 후 그 아래 앉아 가져온 간식을 먹었어. 내가 트래킹을 좋아하는 이유 중 하나가 바로 이 맛있는 간식과 도시락이야. 평소에도 맛있지만, 부지런히 걸은 뒤 길이나 산 위에서 먹는 간식과 도시락은 유독 더 꿀맛이야! 왜 그럴까? 그런데 누나는 항상 아쉬울 만큼만 주고 배낭을 닫아버려. 얼마든지 더 먹을 수 있을 것 같은데 말이야. 더 달라고 쳐다보면 "이장군, 과유불급이야" 하는데, 도대체 과유불급이 뭐야? 쳇.

돌아올 때는 좀 더 편하고 빠른 임도를 이용했어. 개안마루를 만나지 않고 곧바로 여울길을 지나 능선 전망대로 돌아가는 길도 있어. 중간중간 접점이 있기 때문에 원하는 길을 자유롭게 선택해서 걸을 수 있다는 게 연강나룻길의 장점이야.

우리 함께 벚꽃 보러 가자

초롱길

 INFORMATION

장소 충청북도 진천군 문백면 구곡리 130 (농다리 주차장)

코스
농다리~농암정~하늘다리~초평호 전망데크~붕어마을

걷는 거리   약 5킬로미터
걷는 시간   약 2시간
난이도   ★☆☆☆☆

이번에 소개할 초롱길은 진천에서 제법 유명한 곳이야. 트래
킹은 농다리를 건너는 것으로 시작하는데, 이 농다리는 고려
초에 만들어진 것으로, 우리나라에서 가장 긴 돌다리라고 해.
장마에도 유실되지 않을 정도로 견고하다는데, 큰 돌과 작은
돌을 정교하게 맞물려두었기 때문이야. 위에서 내려다보면
마치 지네가 꿈틀거리는 것 같은 모양을 하고 있어.

　　이 농다리에서 산책로를 따라 고개를 하나 넘으면 초평
저수지가 나와. 옛날에는 인근 들판에 농업용수를 대는 역할
을 했지만, 지금은 낚시터로 더 유명해져서 '붕어마을'까지 생
겼어. 붕어찜 전문 식당들이 모인 곳이지.

약 5킬로미터의 초롱길은 진천 농다리에서 출발해 붕어마을에서 끝나지만, 전망대길을 통해 2.5킬로미터 정도 더 걸으면 증평과 경계를 이루는 두타산 산중턱 초평호 한반도전망대까지 갈 수도 있어. 이곳에서는 다른 곳과 달리 백두대간과 정맥들이 선명하게 두드러지는 한반도 지형을 볼 수 있다고 하는데, 전망대 고도가 낮다는 점이 아쉬워.

저수지나 천을 따라 걷는 트래킹 코스는 매우 많지만 특별히 이곳을 소개하는 이유는 봄에 만개하는 벚꽃이 이곳의 정취를 백 배는 아름답게 하기 때문이야. 우리는 4월에 진천 농다리에서부터 붕어마을 바로 전 초평호 전망데크까지 갔다가 다시 돌아오는 코스를 걸었어. 내비게이션에 '진천 농다리 주차장'을 검색하고 찾아오면 전시관에 있는 큰 주차장을 만나게 될 텐데, 골목 안으로 더 들어와서 굴다리를 통과하면 농다리 바로 앞에 주차할 수 있어.

초롱길을 건너면 산 쪽으로는 농암정, 언덕길 너머로는 초평호를 끼고 걷는 수변탐방로가 이어져. 농암정에서 산 능선을 따라 하늘다리까지 갈 수도 있고 수변 데크로 합류할 수도 있어. 길지 않은 코스이지만 중간에 샛길로 빠져 등산할 수 있도록 여러 갈래 길이 나오기 때문에 선택해서 걸을 수 있어.

농암정에서는 농다리를 내려다볼 수 있는 것은 물론이고, 천을 따라 흐드러지게 핀 벚꽃을 볼 수 있어. 우리 누나는 또다시 '사진작가 모드'에 들어가서 열심히 사진을 찍었는데,

그러다 보니 하늘다리까지 오는 데 40분이나 걸렸지 뭐야? 하
늘다리는 흔들리지 않고 튼튼하기 때문에 겁이 많은 친구들도
편안히 걸을 수 있을 거야. 다리를 건너면 매점 쉼터가 나와.
대부분은 이곳에서 잠시 쉬다가 되돌아가는 쪽을 선택하지만,
우리는 왠지 아쉬워서 고즈넉한 산길을 따라 좀 더 걸었어.

초평호를 따라 매점 쉼터에서 붕어마을까지 돌아가는
길은 야자 매트만 깔린 흙길이야. 그래서 더 좋았어. 데크길은
걷기에는 편하지만, 자연 속에 있다는 느낌이 덜해서 별로 좋
아하지 않거든. 편의를 누리는 것도 좋지만, 때로는 있는 그대
로 느끼고 체험하는 시간이 더 소중한 것 같아.

★

누나의 TMI

반려견과 행복한 산책
을 하기 위해서는 부지
런을 떨어야 할 때가 많
다. 특히 여름 성수기 계
곡 트래킹을 갈 때는 언
제나 평소보다 더 이른
시간에 도착하도록 해
야 한다.

우리는 가다가 초평호 전망데크에서 잠시 쉬고, 농암정
을 지나쳐 바로 농다리로 되돌아가기로 했어. 새벽같이 나온
덕분에 우리는 이미 트래킹을 끝냈는데, 다른 사람들은 그제
야 트래킹을 시작하려 다리를 건너고 있더라고. 다음엔 어디
로 갈까? 오늘은 길고도 행복한 하루가 될 것 같아.

p.s. 이 당시 사진이 거의 없어져서 친구 은동이가 많은
도움을 주었어. 고마워 은동아!

협곡을 탐험하자!

한탄강 주상절리길

⊙ INFORMATION

장소 경기도 포천시 영북면 대회산리 415-2 (비둘기낭폭포)

코스
비둘기낭폭포~3코스 벼룻길~멍우리협곡 전망대~징검다리~4코스 멍우리길~하늘다리~비둘기낭폭포

걷는 거리 약 7킬로미터
걷는 시간 약 2시간 30분
난이도 ★★☆☆☆

오늘 소개할 길은 포천의 한탄강 주상절리길이야. 비둘기낭폭포에서 시작하여 멍우리협곡을 거치는 벼룻길과 멍우리길을 일컫는데, 이 코스를 비둘기낭 순환 코스라고 해. 한탄강 중류에 있는 멍우리협곡은 풍광이 뛰어나 '한국의 그랜드캐니언'이라고도 불려. 하천의 침식작용으로 형성된 절벽이 주상절리 형태로 양쪽 강기슭을 따라 발달해 있지. 협곡의 길이는 약 4킬로미터이고, 주상절리 절벽의 높이는 약 20~30미터나 돼. 험한 절벽이 병풍을 이루고 있는 만큼, 이곳에서 넘어지면 몸에 멍울이 생긴다 하여 멍우리협곡이라 이름 붙였다고 해.

현재 한탄강 주상절리 둘레길에는 총 4개의 코스가 있어. 1코스 구라이길(약 4킬로미터), 2코스 가마소길(약 5킬로미터), 3코스 벼룻길(약 6킬로미터), 4코스 멍우리길(약 5킬로미터)이야. 네 코스 모두 비둘기낭폭포에서 만나고, 2코스와 4코스는 비둘기낭폭포를 기준으로 한탄강 건너편에 위치하고 있어. 포천 한탄강 하늘다리가 네 코스를 잇는 중요한 역할을 하고 있지.

오늘 우리가 걸을 길은 3코스 벼룻길과 4코스 멍우리길이야. 이 두 코스가 멍우리협곡을 가운데 두고 나란히 걷는 길이야. 먼저 3코스 벼룻길을 걷다가, 코스 중간 지점인 멍우리협곡 캠핑장(우리들도 갈 수 있는 캠핑장이야!) 아래에서 강으로 내려가 징검다리를 건넌 뒤 4코스 멍우리길을 통해 비둘기낭폭포로 돌아올 예정이야. 순환 코스라 차는 비둘기낭폭포 주

차장에 대면 돼.

　한탄강 주상절리 둘레길은 줄곧 녹음이 우거져 있어서, 멍우리협곡을 자세히 볼 수 있는 곳은 벼룻길에서 징검다리를 건너기 전에 만나는 전망대가 유일해. 근사한 풍경을 바랐던 친구들이라면 조금 지루할 수도 있겠지만, 도심 속 산책에 지친 친구들에게는 한적한 자연 속에서의 산책이 충분히 위로가 될 거야.

　주상절리 둘레길의 하이라이트는 협곡 바닥을 걷는 구간이야. 올려다보는 협곡의 모습은 위에서 볼 때와는 또 다른

매력이 있거든. 협곡 구석구석을 누비며 주상절리의 흔적들을 가까이서 보고, 냄새 맡고, 느낄 수 있어. 누나가 징검다리에서 보는 풍경이 예쁘다고 사진을 찍고 싶다고 해서 징검다리를 몇 번이나 건넜는지 몰라. 그래도 강에서 수영도 할 수 있어서 정말 재밌었어.

　돌아올 때는 멍우리길을 이용했어. 강 아래를 걷는 짧은 구간을 지나고 나면 비탈길이 제법 있고, 전망대 하나 없는 조금 심심한 구간이라 벼룻길보다는 덜 매력적이지만, 그래서인

지 걷는 내내 사람 한 명 마주치지 않을 정도로 한적해서 좋았
어. 트래킹 마지막 지점에는 하늘다리가 있는데, 무심코 건너
려고 하다가 깜짝 놀랐어. 다리 바닥이 중간중간 유리로 되어
있어서 아래가 훤히 내려다보였거든. 그래도 출렁출렁 흔들리
는 다리는 아니니 안심해도 돼.

　　아 참, 그리고 나쁜 소식이 하나 있어······. 출발점이자

도착 지점인 비둘기낭폭포를 우리들은 볼 수가 없어. 전망데크 위에서 폭포를 바라보는 게 다인데, 개들은 왜 안 된다는 건지 조금 의문이야. 결국 내가 계단 위에 엎드려 쉬는 동안 누나 혼자 폭포를 보고 왔어. 아무리 많이 겪어도 거절당하는 것은 좀처럼 익숙해지지가 않네. 내심 속상했는데, 폭포를 보고 온 누나가 이렇게 말해주어서 좀 위안이 됐어.

"장군아, 폭포를 보고 왔는데 생각만큼 멋있진 않더라. 네가 없어서 그런가?"

역시 우리 누나는 참 다정하지.

여유롭게 자연을 즐기자

대관령옛길

 INFORMATION

장소 강원도 강릉시 성산면 어흘리 374-3 (대관령박물관)

———

코스
대관령박물관~주막터~반정(~국사성황당~신재생에너지전시관)~대관령박물관

———

걷는 거리 약 3킬로미터
걷는 시간 약 1시간 30분
난이도 ★☆☆☆☆

● & ●●
오늘도 내 동생 덕두와 함께야.

안녕? 오늘은 대관령옛길을 소개해줄게. 대관령은 영동과 영서를 잇는 태백산맥의 고개 중 제일 낮아서 가장 많이 이용되는 고개야. 지금이야 영동고속도로가 잘 뚫려 있으니 편하게 대관령을 넘을 수 있다지만, 예전에는 걸어서 넘어야 했대. 지금도 옛길이 남아 있어서 옛날 사람들처럼 대관령 고개를 걸어서 넘을 수 있어. 하지만 꼭 대관령을 넘기 위해서가 아니더라도, 대관령옛길은 걷기 참 좋은 곳이야. 단풍이 물든 가을은 물론, 여름에도 계곡이 흐르고 짙푸른 숲이 우거져서 걷기 아주 좋아. 눈이 쌓인 겨울에 눈을 밟으며 걷는 것도 재미있고. 대관령은 눈이 많으니까!

대관령옛길은 강릉의 신재생에너지전시관부터 대관령박물관까지 이어지는 약 10.5킬로미터의 길이야. 강릉 바우길 2구간이기도 해. 신재생에너지전시관에서부터 출발한다는 점이 강릉 바우길 1코스 선자령과 같아. 대관령 고개 위에서부터 고개 아래 대관령박물관까지는 계속 내리막길이라 편도로 걷기엔 참 좋아. 하지만 왕복으로 걷는다면 다소 무리가 될지도 몰라.

오늘 소개할 코스는 대관령옛길 전체를 걷는 게 아니라, 3.5킬로미터 정도 걷는 순환 코스야. 대관령박물관 뒤편에 있는 넓은 주차장에 주차하고 하이킹을 시작하자. 차량도 다닐 수 있는 임도 오르막길은 소나무가 포근하게 감싸주는 길이야. 초입에 들어서면 대관령옛길 지도와 산길로 빠질 수 있는 갈림길이 나오는데, 어느 방향으로 가더라도 괜찮아. 한 바퀴 돌아 나오면 다시 이곳으로 돌아오게 되니까. 산길로 가면 바로 계곡 옆으로 걸을 수 있기 때문에 우리는 올라갈 때는 산길을, 내려올 때는 임도를 걸을 생각이야.

　　산을 따라 닦인 둘레길 옆으로 웅장한 계곡이 흘러. 중간 지점부터는 내려가서 발을 담그거나 물놀이를 할 수 있어. 시원한 계곡에 들어가 있으니, 절로 행복감이 밀려들었어. 맴맴 숲속에 시원하게 울려 퍼지는 매미 소리까지 들으니 이제 정말 여름인 것 같아. 그러고 보니 매미 울음소리는 정말 오랜만이야. 언제부턴가 집 근처에서는 매미 소리를 듣기 어려워졌으니까. 그 많던 매미 친구들은 다 어디로 갔을까? 어째 날이 갈수록 동물 친구들이 다들 무사하고 건강하기를 바라는 일이 잦아지는 것 같아.

　　우리가 선택한 길에는 간간이 계단 구간도 있지만, 걷기 딱 좋은 흙길과 폴짝폴짝 뛰어 건너는 재미가 쏠쏠한 징검다리들이 있어. 마지막 징검다리를 건너고 나면 도로가 나와. 여기서 왼쪽으로 쭉 들어가면 대관령옛길이지만, 입구 초소에 사람이 있다면 우리들을 들어가지 못하게 막을지도 몰라. 그래서 대신 도로를 따라 오른쪽으로 타박타박 걸었어. 초록향기펜션을 끼고 오른쪽으로 돌면 임도가 나와. 임도이긴 하지만 소나무숲이 우거져서 여름에도 가볍게 산책하고 싶은 이들이 많이 찾는 곳이지. 임도를 따라 1킬로미터 정도 내려오다

보면 처음의 갈림길로 돌아오게 돼.

사실 대관령옛길은 바다에서 20분 정도밖에 떨어져 있지 않다 보니, 이곳 자체를 목적으로 오기보다는 바다에 가기 전 가볍게 숲을 트래킹한다는 느낌으로 찾기 좋은 곳이야. 오늘 소개한 코스도 짧은 구간이었고. 하지만 나는 대관령옛길이 참 좋아. 짧은 코스인 만큼 더 여유로운 마음으로 자연을 즐기게 되는 것 같거든. 역설적이지?

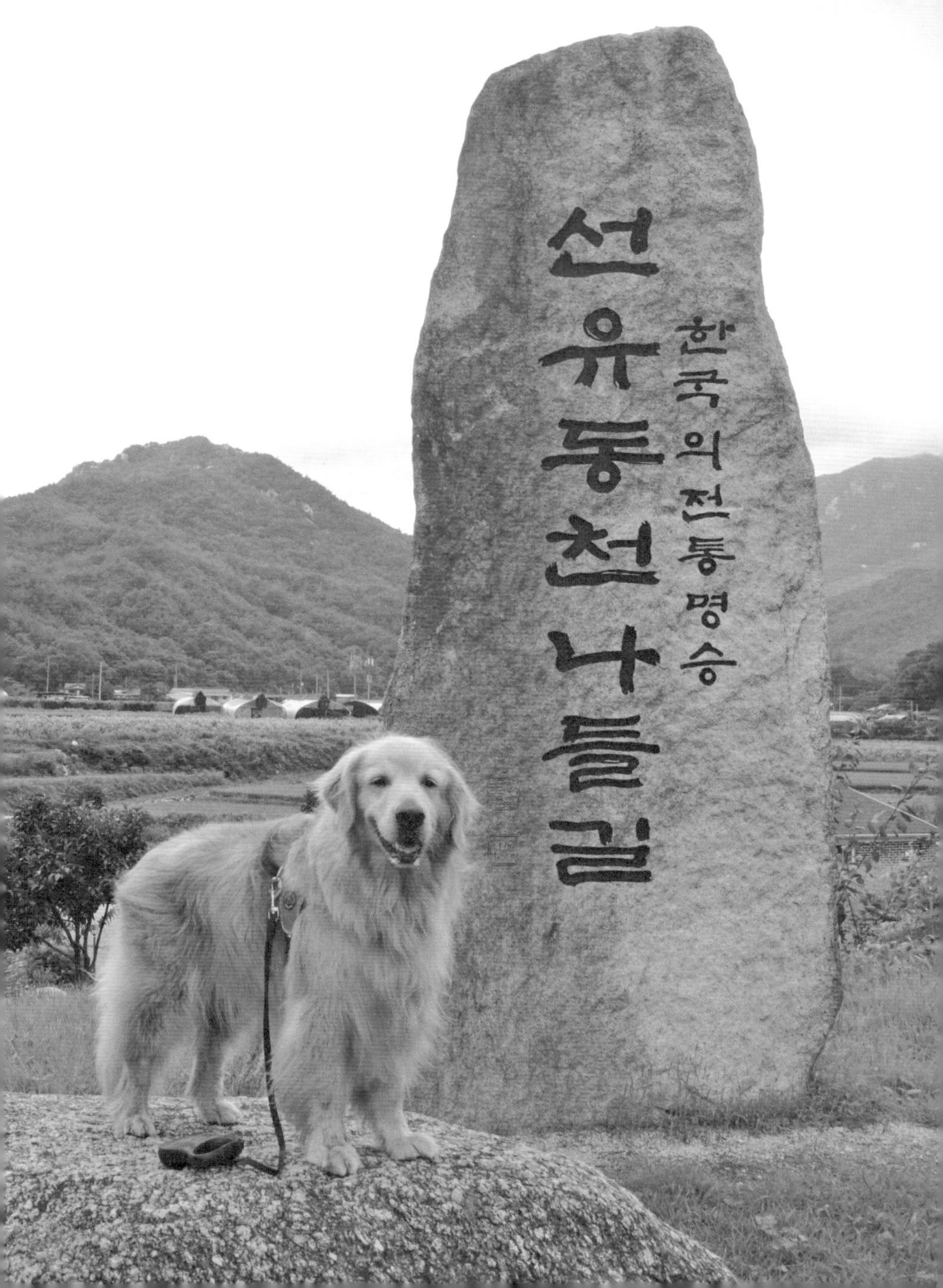
선유동천나들길
한국의전통명승

신선이 노닐었다는 계곡길을 걷는

선유동천 나들길

 INFORMATION

장소 경상북도 문경시 가은읍 완장리 96 재실 (운강이강년기념관)

코스
운강이강년기념관~학천정~무당소~월영대

걷는 거리   약 6킬로미터
걷는 시간   약 2시간
난이도   ★☆☆☆☆

백두대간의 대야산(해발 931미터)을 끼고 흐르는 문경 선유동 계곡은 빼어나게 아름다워 문경 8경 중 하나로 꼽히는 곳이야. 실제로 와서 계곡 양옆으로 펼쳐진 깊은 숲과 계곡을 향해 가지를 드리우고 있는 나이 많은 소나무들을 본다면, '신선이 노닐었다'는 이름이 결코 허명이 아님을 확인할 수 있을 거야.

　　계곡 나들길은 크게 제1코스(선유동계곡)와 제2코스(용추 계곡)로 나뉘어. 제1코스에서는 칠우대, 칠우폭포, 선유칠곡(완심대·망화담·백석탄·와룡담·홍류천·월파대·칠리계)과 선유구곡(옥하대·영사석·활청담·세심대·관란담·탁청대·영귀암·난생뢰·옥석대), 학천정 등의 명소를, 제2코스에서는 무당소, 용소암, 용추폭포, 월영대 등의 명소를 보며 걸을 수 있어. 운강이강년기념관에서 학천정에 이르는 제1코스는 3.9킬로미터이고, 제2코스는 학천정에서 용추를 거쳐 용추주차장까지 걷는 2.1킬로미터의 길이야. 두 코스를 합하면 6킬로미터, 왕복 12킬로미터 정도야. 자동차 때문에 어쩔 수 없이 왕복해야 한다고 해도 부담되지 않아. 더욱이 평지길이어서 하나도 힘들지 않아.

운강이강년기념관과 학천정, 용추폭포, 용추계곡 등 곳곳에 주차장이 많아서 어느 방향에서 출발해도 괜찮은데, 그만큼 사람들이 많이 찾는 명소라는 게 단점이야. 그래도 7월 중순부터 8월 중순 극성수기만 피하면 계곡에서 놀면서 걸을 수도 있어 좋은 길이지. 우리는 트래킹이 목적이었기 때문에 정석대로 코스를 밟기 위해 운강이강년기념관 앞에 주차했어. 입구 앞 선유동천 나들길 비석 앞에서 멋진 인증사진을 하나 찍고 출발했지.

처음에는 야자 매트가 깔린 시골길과 데크길을 번갈아 걷게 돼. 오른쪽으로 한적한 도로도 드문드문 보이는 길이야. 길 아래 물이 흐르는 수로가 있어서 생각보다 시원했어. 칠우대를 지나면서부터 숲이 우거지는데, 계속 가다 보면 드디어 계곡과 만나는 길로 들어서게 돼. 넓은 바위 위로 시원한 계곡물이 흐르고, 중간중간 물놀이하기 좋은 소들도 나와. 내가 갔을 때는 비가 많이 온 뒤라 흙이 섞여 물이 살짝 탁했는데, 원래는 엄청 맑고 깨끗하다고 해.

학천정에 가까워지니 물놀이하러 온 사람들도 제법 많

앉어. 우리는 계곡을 올라와 다리를 건너서 오른쪽으로 직행했어. 식당가를 지나 뒤편의 산길로 들어섰지. 1코스 종점으로 향하는 오솔길 아래 계곡엔 사람들이 없어서 이곳에서 점심을 먹고 다시 출발했어. 1킬로미터 정도 걸으면 1코스의 종점이자 2코스 시작점인 포장도로가 나와. 도로를 따라 올라가면 국립 대야산 자연휴양림이야. 2코스도 개울을 따라서 나란히 걷는 호젓한 오솔길이 계속돼. 힘든 바위 구간에는 데크 계단이 있고. 확실히 걷기 좋은 길이야.

걷다 보니 계곡이 점점 넓어지면서 무당소가 나타났어.

이제껏 이곳에서 본 것 중에 제일 깊고 넓은 소야. 계곡 주위의 거대한 반석들은 장인이 다듬은 예술작품들 같았고, 바위 사이사이 고인 계곡물도 마치 보석처럼 반짝였어. 물이 어찌나 맑은지 깊은 바닥까지 내려다보이더라고. 그 맑은 물 빛에 홀려 당장이라도 뛰어들고 싶어졌지만, 아직은 사람이 많아서 그러지 못했어. 9월쯤 다시 오면 사람들 눈치 보지 않고 신나게 놀 수 있겠지?

　　2코스 종점은 대야산 산행로와 겹쳐 있어. 하산하기가 무섭게 다음에 또 와야겠다는 생각이 들 정도로 좋은 곳이었어. 여름 피서지로 구간 구간 끊어서(2코스 숲길이 더 좋아!) 걸어도 좋을 것 같아. 볕 좋은 가을날, 전 구간을 모두 걸으면 더 좋겠지만.

사람과 개가 모두 행복한

화인산림욕장

INFORMATION

장소 충청북도 옥천군 안남면 화학리 700-1 (화인산림욕장)

———

코스
시계 방향 순환 코스

———

걷는 거리 약 4킬로미터
걷는 시간 약 1시간 30분
난이도 ★★☆☆☆

이름 그대로 사람과 사람 사이를 화목하게 하는 화인산림욕
장은 우리들도 가족들과 함께 산책할 수 있는 정말 좋은 곳이
야. 주인아저씨 개인이 운영하는 산림욕장이지만 50만 제곱
미터 임야에 메타세쿼이아·소나무·참나무·편백나무 등의 나
무가 10만여 그루나 심겨 있어. 한 바퀴 도는 코스는 총 4킬로
미터고, 정상에서 내려다보면 조그맣게 옥천군 안내면이 보
여. 화인산림욕장에는 인공시설이 전혀 가미되지 않아, 계단
이나 데크는 물론 벤치도 없어. 오직 커다란 바위들에 앉아 쉴
수 있을 뿐이지.

승용차 한 대 정도만 겨우 지나다닐 수 있을 것 같은 좁은 길을 지나면 작은 주차장과 집이 나와. 입장료는 따로 없어. 작은 저수지를 따라 난 길을 통해 숲으로 들어서면 울창한 메타세쿼이아들이 반겨주지. 키가 족히 20미터는 넘는 메타세쿼이아 사잇길로 비쳐 들어오는 햇빛이 숲의 정취를 높여줘. 화인산림욕장의 주종인 메타세쿼이아는 편백나무과에 속하는 낙엽 침엽수인데, 피톤치드 방출량이 매우 높아. 10만 그루의 나무가 내뿜는 피톤치드에 콧속까지 시원해지는 기분이었어.

　　돌무더기 하나 없이 잘 정비된 흙길이지만 가파른 오르막도 나오니까 가족들한테 샌들이나 슬리퍼, 구두 말고 운동화를 챙겨 신으라고 하자. 메타세쿼이아길을 지나면 소나무 군락지가 나오고, 곧 정상(해발 370미터)에 다다라. 1.5킬로미터 정도 걸은 거야. 정상에 앉아 잠시 쉬는데, 시원한 바람이 불어와서 기분이 좋았어. 그래서 한참 하릴없이 산림욕을 즐기며 시간을 보냈지. 내려갈 때는 반환점에서 올라왔던 길 반대편으로 가야 하는데, 그래도 가다 보면 다시 메타세쿼이아길을 만나게 돼. 시계 방향의 순환 코스이기 때문이야.

　　화인산림욕장은 만약 집이 조금 더 가까워서 한 시간 이내 거리였다면 한 달에 두어 번은 꼭 방문하고 싶다고 생각했을 만큼 마음에 드는 곳이야. 이용 안내문에는 "반려견과 동반 입장이 가능하며 반려견 동반에 관한 별도의 제한은 없습니

다"라고 적혀 있지. 개라고 차별하지 않고 개와 사람이 화합할 수 있게 해주는 고마운 공간이야. 이 좋은 곳에 많은 친구들이 앞으로도 오래오래 방문할 수 있도록 우리가 펫티켓을 잘 지키자. 가족들도 캠핑·차박·취사·흡연·쓰레기 투기·산나물 채취 등은 모두 금지되어 있으니까 주의해야 해. 아, 마지막으로 한 가지 더, 극건기에는 산불 예방을 위해 입장이 제한될 수 있으니 방문하기 전에 홈페이지에 들어가서 확인해봐야 해!

누나의 TMI

비슷한 곳으로는 전라북도 진안 부귀편백나무산림욕장이 있다.

느긋하게 산림욕할 수 있는 힐링 산행지

축령산

ⓘ INFORMATION

장소 전라남도 장성군 서삼면 추암리 (추암마을)

———

코스
추암마을~산림치유안내센터~모암안내소~모암삼거리~금곡안내소 (회귀)

———

걷는 거리   약 6.2킬로미터
걷는 시간   약 2시간
난이도   ★★☆☆☆

'축령산'이라고 검색하면 경기도 가평에 있는 축령산과 전남 장성군과 고창군에 걸쳐 있는 장성 축령산 두 군데가 나와. 이 두 산은 서로 멀리 떨어져 있지만 공통점이 있지. 가평 축령산은 잣나무숲으로, 장성 축령산은 편백나무숲으로 유명한 힐

링 산행지라는 거야! 원래 누나랑 나는 가평 축령산에 자주 갔었어. 축령산 휴양림을 통해 서리산 연계 산행도 하고, 그 아래 계곡에서도 곧잘 놀았지. 그런데 안타깝게도 언제부턴가 출입금지구역이 되어버렸어. 축령산 휴양림 안쪽 등산로에서 보는 잣나무숲이 정말 멋졌는데 말이야. 슬프고 아쉬워.

　　그래서 오늘은 전라남도 장성군에 소재한 해발 621미터 축령산을 소개할 거야. 편백나무와 삼나무가 숲을 이루어 '치유의 숲'이라 불리는 산림욕장이야. 편백나무는 피톤치드를 가장 많이 배출하는 나무로 알려져 있어. 피톤치드는 스트레스 해소와 살균 효과가 탁월하다고 해. 또 피를 맑게 하고 기관지와 폐에도 좋다고 하니, 치유의 숲이라는 이름이 틀리지 않은 것 같지? 이런 편백나무숲의 넓이만 무려 84만 3천 평, 여의도의 세 배가 넘는 크기라고 하니 축령산을 걷는 것만으로도 건강해지는 기분이 들 거야.

　　축령산 내부는 매우 넓어서 얼마큼 걸을 것인지, 어디를 둘러볼 건지 정해서 걸어야 해. 들머리는 추암마을과 모암마을, 금곡영화마을 세 곳이야. 우리는 추암마을을 통해 들어갔어. 축령산은 블랙야크가 선정한 100대 명산에 꼽히기 때문에 정상까지 오르는 등산객들도 꽤 되지만, 정상 가는 길은 매우 가파르고 편백나무숲도 지나지 않기 때문에 산림욕이 목적이라면 가지 않는 것을 추천할게.

　　축령산 오솔길은 숲내음길(1.1킬로미터), 산소숲길(1.4킬로

미터), 하늘숲길(0.9킬로미터) 세 개가 있는데, 가볍게 돌아보기 좋은 길은 숲내음길과 하늘숲길이야. 축령산 정상과 이 산책로들을 모두 이어서 돌면 총 약 11킬로미터 길이야. 하지만 우리는 마치 이 산림욕장의 혈관처럼 숲들을 가로지르는 임도를 편안하게 산책했어. 산림치유안내센터에서 모암안내소를 지나 금곡안내소까지 이어지는 임도를 걷는 것만으로도 산림욕을 실컷 할 수 있어. 구간마다 평상이나 벤치도 넉넉하게 설치되어 있으니 낮잠도 한숨 자면서 여유 있는 하루를 보내다 가기를 바라.

산림치유안내센터까지는 오르막길이야. 올라가는 시간은 추암마을 주차장에 차를 세우고 가면 약 30분, 차가 최대로 들어갈 수 있는 차단기 아래까지 가서 주차했다면 약 20분 정도야. 차단기가 있는 곳부터 바로 숲이 우거져 있어 시원했지만, 그래도 오르막을 오르다 보니 숨이 찼어. 고개 위에 오르면 임종국 선생 추모비와 안내센터, 화장실이 있는데, 편백나무숲은 여기서부터 시작이야. 이 편백나무숲 임도를 따라 모암안내소, 금곡안내소까지 나아갔다가 되돌아 나오면 돼. 추암마을에서 금곡안내소까지는 왕복 6.2킬로미터, 천천히 걸어서 두 시간 정도야. 거기에 쉬어 가는 시간까지 감안하면 얼추 소요 시간이 나올 거야. 아늑한 오솔길을 천천히 걸으며 완벽한 산책을 즐기다 오길 바라.

도보 여행에서 만나는 뜻밖의 즐거움

화진포 응봉산

 INFORMATION

장소 강원도 고성군 거진읍 화포리 590-2 (화진포 생태박물관)

코스
생태박물관~응봉산~생태박물관
- **치유숲길** 화진포의 성~산림테라피원~생태박물관~화진포의 성 주차장에 이르는 1킬로미터 코스로 20여 분 소요
- **명상숲길** 화진포의 성~쉼터 데크~응봉~관목원~팔각전망대~습지원~산림테라피원~생태박물관~화진포의 성 주차장에 이르는 3.4킬로미터 코스로 1시간 20여 분 소요
- **소나무숲길** 화진포의 성~쉼터 데크~응봉~산야초원~거진해맞이봉 산림욕장으로 이어지는 4.3킬로미터 코스로 1시간 40여 분 소요

걷는 거리 약 3킬로미터
걷는 시간 약 1시간 30분
난이도 ★☆☆☆☆

화진포는 부산 오륙도 해맞이공원에서 강원 고성 통일전망대까지 이르는 '해파랑길'과 고성에서 삼척을 잇는 역사체험탐방로 '관동별곡 800리길'에 포함되어 있어. 화진포는 화진포 해수욕장과 화진포 호수를 통틀어 일컫는데, 이승만 대통령의 별장이 있었을 만큼 풍경이 뛰어난 곳이야. 김일성의 별장이었던 화진포의 성도 남아 있지. 오늘의 목적지는 화진포의 풍경을 제대로 만끽할 수 있는 응봉이야.

응봉은 해발 122미터의 작은 산이지만, 산림욕장과 치유숲길, 명상숲길, 소나무숲길 등 여러 개의 등산 코스가 조성되어 있어. 솔향기를 만끽하며 산책할 수 있어서 정말 좋은 곳이지. 하지만 김일성 별장을 거치는 길은 입장료를 지불해야 하고 그나마도 개들은 갈 수 없어. 하지만 응봉산을 오르는 방법은 다양하니까 걱정할 필요는 없어.

우리는 거의 모든 방향에서 올라가봤는데, 소개할 만한 코스는 생태박물관에 주차하고 출발하는 코스야. 응봉산 정상까지의 거리는 1.5킬로미터 정도야. 멋진 소나무숲에 둘러싸여 산책로처럼 편안한 길을 걷다 보면 옆으로 얼핏 화진포 호수의 모습도 보이지. 관목원까지는 산림욕장같이 편안한 길이지만, 정상에 오르기 직전부터 가파른 오르막이 시작돼. 등산은 이 구간에서 다 하는 게 아닐까 싶을 정도로 험난한 길이지만, 정상에 서면 거친 숨은 곧 감탄으로 변하게 될 거야. 처음 걷기 시작했을 때는 이런 작은 산에 이토록 엄청난 비경이 있

을 거라고 예상하지 못했어. 그저 지독하게 가파른 봉우리구나, 정도로 생각했지. 하지만 절묘히 이어진 화진포의 호수와 바다, 그 뒤로 병풍처럼 늘어선 태백산맥과 비무장지대 너머 금강산 비로봉의 모습까지. 환상적인 비경에 눈을 뗄 수가 없었어.

응봉산에 처음 오게 된 계기는 해파랑길 49코스 트래킹이었어. 거진항에서부터 산길을 오르락내리락하며 걸었는데 이곳에서 예상치 못한 풍광을 마주한 거야. 도보 여행의 기쁨은 여기에 있지 않을까? 뜻밖의 장소에서 아름다운 풍경을 만나게 된다는 것. 아직 엄두는 나지 않지만 언젠가 기회가 된다면 해변길·숲길·마을길 등을 잇는 750킬로미터 해파랑길 전 구간을 네발로 천천히 느껴보고 싶어.

응봉산에 다녀온 뒤에는 화진포 호수 둘레길을 마저 걷거나 화진포 해변가에서 놀다 갈 수 있어. 산과 바다, 호수가 어우러진 동해안 최북단의 아름다운 길에서 산책도 하고 바다에서 달리기와 수영도 하면서 선물 같은 하루를 보내봐.

계곡을 따라 걷자

칼봉산 임도

 INFORMATION

장소 경기도 가평군 가평읍 승안리 (칼봉산)

———

코스
칼봉산 휴양림~경반분교 캠핑장~경반사~수락폭포~칼봉산 휴양림

———

걷는 거리 약 10킬로미터
걷는 시간 약 4시간
난이도 ★★☆☆☆

가만히 있어도 덥고 힘이 쭉쭉 빠지는 여름은 우리처럼 털이 길고 많은 동물들에게는 너무 힘든 계절인 것 같아. 매일 즐겁게 하던 산책도 곤혹스러운 일이 되어버리지. 햇볕이 쨍쨍 내리쬐는 낮 시간은 말할 것도 없고, 저녁 산책도 결코 수월하지 않아. 낮 동안 잔뜩 달궈진 아스팔트가 열기를 뿜어대기 때문에 체고가 낮은 우리들에게는 너무 덥거든. 그래서 오늘은 여름 산책지로 제격인 칼봉산 임도를 소개하려 해. 1급수 경반계곡을 따라 걸을 수 있어, 나처럼 물을 좋아하는 친구들은 물론 물을 무서워하는 친구들이라도 시원하게 산책을 즐길 수 있어.

칼봉산 자연휴양림에서 시작하여 수락폭포까지 이르는

칼봉산 임도 산책 코스는 편도 5킬로미터 정도야. 사륜 오프로드 자동차 동호회 사람들 사이에서는 이미 잘 알려져 있지. 칼봉산 휴양림을 지나면 곧 도로가 끝나는데, 도로변에 주차한 뒤 계곡을 건너오면 트래킹 시작이야.

시원한 산책이라고 했지만, 사실 이 길은 간간이 햇빛을 가려주는 나무 그늘을 제외하고는 뙤약볕이야. 하지만 오늘만큼은 땅바닥까지 늘어지는 혓바닥도, 한껏 달아오르는 뒤통수와 등도 달가워. 오히려 햇빛이 털 한 올 한 올을 더 뜨겁게 달구어주기를 바랐지. 한껏 달아올랐을 때쯤 얼음장처럼 차가운 계곡물에 뛰어드는 짜릿함이 한여름 계곡 트래킹의 묘미니까.

수락폭포까지는 경반계곡을 따라 물길을 대여섯 번 정도 건너야 해. 작은 돌들을 징검다리 삼아 건널 수도 있지만, 나는 물 속에 배 깔고 누워서 열을 식히고 물도 벌컥벌컥 마셔가면서 나아갔어. 물이 낯선 친구들이라도 발목 언저리까지 오는 계곡물을 건너는 것은 즐거운 경험일 거야. 또 경반계곡에는 중간중간 사람 가슴께까지 오는 제법 깊은 소들이 있어. 물에 발 담그는 것만으로는 만족이 되지 않는다, 감질난다! 하는 친구들이라면 놓치지 말고 가족들과 함께 수영을 즐겨보자!

경반계곡에는 물을 건너는 구간이 많아. 아예 방수가 잘 되는 등산화보다는 잘 젖고 잘 마르는 아쿠아 슈즈를 신고 트래킹하는 것도 계곡을 즐기는 방법이야. 가족들에게 알려주자!

절반 정도 올라오면 생뚱맞게 건물이 한 채 나오는데, 바

로 칼봉산 경반분교 캠핑장이야. 주인 할아버지가 1990년대
부터 홀로 폐교된 경반분교를 지키며 캠핑장을 운영하고 계
셔. 불과 몇 년 전만 해도 휴대전화도 터지지 않는 오지 산골
이었다는데, 지금은 휴대전화 사용에 전혀 불편함이 없대. 그
렇다 해도 여전히 전기도, 가로등도 없어. 주차장과 사이트의
구분조차 없이 넓은 잔디밭이 펼쳐져 있고, 간단한 싱크대와
화장실 외에는 편의시설도 전무해.

　　이용료는 인당 만 원이고, 차가 있다면, 한 대당 만 원씩
추가 요금이 있어. 경반분교 캠핑장은 나 같은 대형견도 이용
할 수 있지만, 강아지 요금은 따로 받지 않아. 꼭 캠핑을 하지
않더라도 이곳은 잔디밭에서 잠시 쉬며 도시락을 먹고 우다다
다 신나게 뛰어놀 수도 있는, 산속 최고의 운동장이야.

누나의 TMI

계절을 막론하고 등산
할 때는 가방 속에 여분
의 양말을 챙겨 다니는
센스가 필요하다.

누나의 TMI

물론 반려견 오프리쉬
는 다른 캠퍼가 없을 때
에, 세심한 주의를 기울
인다는 전제하에서만
가능하다.

경반분교 캠핑장 잔디밭에서 잠시 쉬었다가 최종 목적지인 수락폭포로 향했어. 시멘트로 포장된 경사 급한 언덕길을 오르느라 몸에 열이 올랐을 때쯤 경반사와 용궁폭포를 만났어. 경반사는 소박하고 아담한 절이야. 경반사 뒤로는 칼봉산 정상으로 향하는 등산로가 나 있는데, 수락폭포에 갈 친구들은 경반사로 올라가지 말고 임도로 계속 진행하면 돼.

차량 통행 차단기를 지나면 수락폭포 안내판이 나와. 그 뒤로 펼쳐지는 등산로를 걸어나가면 수락폭포가 나타나. 높이 3미터 수락폭포의 진면목은 비가 많이 오고 난 직후에 드러난대. 다음에 비 내린 뒤를 틈타 다시 찾아야겠어. 수락폭포를 보고, 왔던 길을 되돌아오면 오늘의 트래킹도 끝이야. 다들 시원한 산책해.

아홉 굽이 돌고 돌아

용추계곡

INFORMATION

장소 경기도 가평군 가평읍 승안리 산223 (1곡, 2곡, 5곡 주차장)

코스
1·2·3·4·5·6·7·8·9곡~1곡

걷는 거리 약 12킬로미터
걷는 시간 약 5시간
난이도 ★★☆☆☆

오늘은 친구랑 함께 왔어!

경기도 가평군에 있는 용추계곡은, 용이 하늘로 날아오르며 아홉 굽이의 그림 같은 경치를 수놓았다고 해서 용추구곡이라고도 불려. 1876년 성재 유중교 선생이 계곡의 풍광에 반해 지은 이름이래. 아홉 굽이의 그림 같은 경치란 와룡추·무송암·탁영뢰·고슬탄·일사대·추월담·청풍협·권유연·농원계를 말해.

오늘은 이 용추구곡을 탐방하는 계곡 트래킹 코스를 소개할게. 제1경인 와룡추(용추폭포)에서 마지막 9경인 농원계까지는 약 6킬로미터로, 맑은 물과 기암괴석 등 각각의 곡마다 특색 있는 풍광을 감상하면서 걸을 수 있어. 특별히 최근 새롭게 단장하면서, 산책로도 조성하고 비경 앞마다 안내판도 새로 세워놓았어. 6경을 지나면서부터는 차량이 들어갈 수 없어. 주차는 1, 2, 5곡 앞에 만들어진 무료 주차장에 하면 돼.

쉼터와 공중화장실 맞은편에 와룡추 용추폭포가 있어. 와룡추는 용이 누워 있는 웅덩이라는 뜻이야. 깊이를 알 수 없을 정도로 물이 깊기 때문에 물놀이는 금지되어 있어.

와룡추를 지나 약 500미터 오르면 제2곡 무송암이 보여. 무송암은 천년 묵은 노송이 바위를 끌어안고 있는 모습이라 하여 붙은 이름이야. 높이 3미터, 둘레 2미터 정도의 바위인데 불임 여성이 이 돌을 떼다 끓여 먹으면 아기를 갖는다는 전설이 있어. 잘 보면 군데군데 떼어낸 흔적들이 보여. 무송암 아래 계곡도 제법 깊고 넓어서 수영하기 좋아. 용추계곡은 전반적으로 넓고, 물이 많고 깊어서 물놀이하기 좋은 곳들이 많아.

다리를 건너 조금 더 올라가면 제3곡 탁영뢰가 나와. 거북을 닮은 두 개의 거북바위에 부딪히며 흐르는 맑은 물이 옥구슬과 같이 투명하다 하여 이름 붙었대. 근데 사실 안내판이 없었다면 이게 거북이를 닮았다고는 생각지 못했을 것 같아.

제4곡은 물 흐르는 소리가 거문고와 비파 소리와 비슷하다고 하여 고슬탄이라는데, 수를 맞추기 위해 억지로 끼워 넣은 곳은 아닐까 하는 생각이 들었어. 그만큼 내게는 그리 깊은 인상을 주지 못했던 거지. 그래서 빠르게 지나쳐 계곡을 따라 계속 길을 올랐어. 가다 보면 5곡으로 가는 이정표가 나와. 그동안은 찻길 가까이서 걸었는데 5곡부터는 산책로를 따라 아

래로 내려가야 해. 그렇게 가다 보면 깊은 못과 광활한 너럭바위가 있는 제5경 일사대를 만나게 돼.

제6경 추월담은 가을 하늘 밝은 달처럼 바위 아래 동그란 연못 같은 소가 깊게 패인 곳이야. 지금까지는 차가 간간이 다니는 도로를 걸었지만(성수기에는 차가 막힐 정도로 빽빽해), 마지막 민박 겸 식당을 지나면서부터는 차량이 통제돼. 아스팔트 임도가 아니라 고르지 않은 흙길을 걸어야 하지. 사실 그래서 더 반가운 길이기도 해.

제7경 청풍협은 푸른 숲이 우거져 있고, 제8경 귀유연은 용추폭포 못지않게 골짜기가 깊어 맑은 물이 새카맣게 보일 정도야. 옛날 하늘나라에서 옥황상제를 모시던 거북이가 호기심에 몰래 이곳에 뛰어들었다가 아무리 내려가도 끝이 닿지 않아 다시 올라와 바위에서 쉬었다는데, 그 모습을 본 옥황상제가 거북이를 바위로 만들어버렸대. 예전에는 이곳에서 다이빙도 하고 놀았는데, 이제는 CCTV가 생겨서 물놀이를 하면 바로 그만두고 나오라는 안내 방송이 나와.

귀유연을 지나 10여 분 정도 올라가면 오늘의 마지막 목적지인 제9경 농원계가 나와. 경사진 기암괴석을 힘차게 내려오는 물살이 장관이어서 농원계라는 이름이 붙었다고 해. 오늘 우리가 물놀이를 한 곳도 이곳이지. 이곳의 소는 엄청나게 넓고 깊기 때문에, 수영에 자신이 없다면 구명조끼를 가지고 와서 놀아야 할 정도야.

여기까지 아홉 개 굽이굽이를 참 숨 가쁘게 나아왔다, 그치? 제9경에서 계곡을 건너 올라가면 앞서 소개했던 칼봉산으로 갈 수도 있어! 하지만 이날 우리는 이곳까지만 걷고 물놀이를 한 뒤 되돌아갔어.

새들이 춤을 추는 곳

조무락골

📍 INFORMATION

장소 경기도 가평군 북면 적목리 조무락골 (삼팔교)

———

코스
삼팔교~조무락산장~복호동폭포~삼팔교

———

걷는 거리   약 6킬로미터
걷는 시간   약 3시간
난이도   ★★☆☆☆

흔히들 '산' 하면 강원도를 떠올리지만, 서울에서 그리 멀지 않은 가평에도 화악산·명지산·국망봉 등 쟁쟁한 산들이 포진해 있어 산세가 강원도 부럽지 않아. 높은 산이 몰려 있는 만큼 물도 많아서 좋은 계곡들이 즐비하지. 그중에서 화악산과 석룡산 사이에 숨어 있는 조무락골은 비교적 찾는 사람이 적어서 방문할 때마다 마음이 편해져. 조무락이라는 이름은 새들이 춤을 춘다는 뜻인데, 울창한 숲속에서 산새들이 재잘거리는 모습을 보면 딱 어울리는 이름이라는 생각이 들어. 계곡의 길이는 약 6킬로미터에 이르는데, 상류부터 하류까지 소와 담, 폭포가 고르게 분포해 있어. 굳이 정상까지 가지 않고 계곡 트래킹만 해도 좋아.

　　이번 산행의 목적지이자 반환점은 계곡 중간에 자리 잡은 복호동폭포야. 들머리인 삼팔교를 건너자마자 우회전하면 등산 안내판이 보이고, 차 네다섯 대 정도 댈 수 있는 작은 공간이 나와. 초입 500미터 정도까지는 여느 계곡들처럼 식당과 펜션들이 들어서 있는데, 그게 오히려 안심이 될 정도로 사람이 적은 곳이야. 3분 정도 펜션을 끼고 아스팔트길을 걸으면 포장되지 않은 고요한 숲길이 나와. 어디선가 콸콸 물 흐르는 소리도 들려오는데, 얼른 물로 뛰어들고 싶어 못 견디겠더라구.

　　숲길을 통과하면 삼거리가 나와. 왼쪽은 바로 석룡산 정상으로 가는 길이니까, 뙤약볕이더라도 오른쪽 길로 가야 해. 문 닫은 펜션과 허름한 민가 하나, 등산로 직전 마지막 집인

조무락산장을 지나면 그 앞은 또 삼거리야. 이번에도 왼쪽은
정상 가는 길이니까 오른쪽으로 나아가야 해. 이제부터는 비
포장 임도에서 좁은 등산로로 바뀌어. 또, 바로 깊고 넓은 소
가 나오는데 여기서 계곡을 끼고 다시 길이 두 갈래로 나뉘어.
하지만 다음 소에서 바로 다시 만나기 때문에 어디로 가도 상
관없어. 우선 이 옥빛 계곡에 뛰어들고 보자. 누나랑 나도 한
참 수영하면서 신나게 놀고 다시 출발했어. 울창한 잣나무들
이 숲을 이루고 있어서 산림욕을 하는 기분이야. 빽빽한 숲 사
이로 비집고 들어오는 햇빛이 이곳과 무척 잘 어울려. 정말 예
쁜 곳이야.

　　은근히 힘들지만 예쁜 오솔길을 따라 오르면서 계곡을

한 번 더 건너면 복호동폭포 갈림길이 나와. 복호동폭포는 폭은 좁지만 높이가 약 20미터에 달하는 5단 폭포야. 등산로에서 오른쪽으로 50미터쯤 더 가면 나오는데, 말 그대로 엎어지면 코 닿을 거리야. 폭포가 가까워지자 공기가 금세 서늘해졌어. 그새 수량이 적어져서 폭포의 위상은 조금 약해졌지만 폭포에서부터 갈림길까지 바위들이 계곡을 이루고 있어서 그 모습이 또 장관이었어.

　우리는 다시 폭포 갈림길로 돌아와서 정상 방향으로 더

사과 빨리 줘.

올라가보기로 했어. 제법 등산로 같은 오르막이지만 더 올라
갔던 이유는 갈림길에서 10여 분 거리에 쌍룡폭포가 있기 때
문이야. 두 물줄기가 장쾌하게 흐르는 폭포라니, 그냥 지나치
기 어렵지. 근데 막상 도착하고 보니 굳이 찾아와서 볼 정도는
아니었던 것 같았어. 쌍룡폭포 바로 위 계곡 건널목에서 잠시
쉬며 집에서 챙겨 온 사과를 해치우고 이만 돌아가기로 했어.

핸드폰도 터지지 않는 오지 계곡의 매력

흥정계곡

 **INFORMATION**

장소 강원도 평창군 봉평면 흥정리 356 무이분교 (흥정계곡오토캠핑장)

코스
흥정계곡오토캠핑장~차단기~삼거리~구목령~흥정계곡오토캠핑장

걷는 거리 약 14킬로미터
걷는 시간 약 4시간
난이도 ★☆☆☆☆

오늘은 누나와 강원도에 가는 날인데, 하늘에 하얀 구름이 둥둥 떠다니는 걸 보니 엄청 즐거운 하루가 될 것 같아. 목적지는 사시사철 수량이 풍부하고 맑고 깨끗한 물이 흐르는 흥정계곡이야. 울창한 수림과 협곡을 따라 구목령까지 왕복 14킬로미터를 걸을 거야. 이 구간은 그동안 생태계와 자연환경을 보전하기 위해 자연휴식년제를 실시하여 출입을 통제해왔는데, 지난 2012년부터 다시 드나들 수 있게 되었대. 우거진 숲길을 걷는 동안 핸드폰도 터지지 않는, 정말 자연 그대로 보존된 오지 계곡이었어.

흥정계곡길은 오토캠핑장 앞에서 구목령 방향과 불발령 방향 두 갈래로 나뉘어. 우리는 양지교를 건너서 구목령 코스로 향했어. 이쪽이 펜션이 없고 사람도 없는 임도거든. 문 열린 철조망을 통과해 아스팔트길을 따라 조금만 올라가면 수영하기 엄청나게 좋은 소가 나오니까 잊지 말고 들르길 바라. 내려가는 구간에 색이 바랜 산악회 리본이 묶여 있고, 푸른 물결이 위에서도 잘 보이기 때문에 놓치지 않고 발견할 수 있을 거야.

길을 따라 올라가다 보면 민가가 몇 채 나오고 차단기가 놓인 흙길이 시작돼. 이 앞 '화가정원'이라고 적힌 민가 앞에 세 대 정도 주차할 만한 공간이 있으니까 여기까지는 차를 타고 와도 괜찮아. 하얀 망초꽃이 반겨주는 길을 지나면 활엽수 잡목이 우거진 숲길이 나오는데, 길 안으로 들어서면 순식간에 차가운 공기가 느껴져. 시원한 계곡물이 콸콸 흐르고 사람은 찾아볼 수도 만날 수도 없는 길이 이어지는 한적한 곳이지. 성수기에도 계곡 아래에만 사람이 많고, 위쪽 길은 간혹 산악자전거 타는 사람들 말고는 사람의 발길이 닿지 않아. 그래서 조금 지루하게 느껴질 수도 있지만, 길이 잘 정비되어 있어서 걷기에는 정말 좋은 곳이야. 아래로 내려가는 길목에는 엄청나게 넓은 계곡이 있어서 마음껏 수영도 할 수 있어. 나는 수영을 좋아하는 편이 아니라서 물가에서 반신욕만 하다 왔어. 우리 누나가 속 터져 하더라고. 너는 이 넓은 계곡을 두고도 도무지 즐길 줄을 모른다면서. 하지만 나는 이 정도가 딱 좋은 걸 어쩌겠어.

흥정계곡 임도는 유난히 다리가 많아서 계곡을 건너고,

건너고, 또 건너고 도대체 몇 번이나 건너게 되는지 셀 수도
없어. 그러다 구목2교 앞에서 처음이자 마지막 이정표가 나오
는데, 여기서부터 구목령까지 거리는 6킬로미터야. 숲길은 안
으로 들어갈수록 더욱 울창해져. 멋진 숲길을 따라 조금 더 걷
다 보면 삼거리가 나오는데 이곳에서 잡풀이 우거진 길로 가
면 구목령이 나와. 하지만 진드기가 너무 많을 것 같아서 이

날은 구목령까지 갈 수가 없었어. 다리를 건너 왼쪽 길로 가면 잣나무숲에 잘 닦인 임도가 나오지만 계속 나아가도 한없이 임도로 이어질 뿐이야. 그러니 이 삼거리를 회귀점으로 잡는 걸 추천할게. 양지교 앞 입구에서부터 이곳까지는 약 7킬로미터 거리야. 차단기에서부터 시작하면 더 짧게 즐길 수도 있지. 다들 인적 드문 계곡에서 시원하고 한가로운 여름 트래킹 즐기길 바랄게.

가벼운 산책도, 본격적인 트래킹도 모두 OK!

구곡폭포

⊙ INFORMATION

장소 강원도 춘천시 남산면 강촌리 432 (구곡폭포 주차장)

———

코스
매표소~구곡폭포~문배마을~매표소
입장료 2,000원

———

걷는 거리 약 7.6킬로미터
걷는 시간 2시간 30분
난이도 ★☆☆☆☆(구곡폭포) ★★★☆☆(물깨말 구구리길)

"장군아! 우리 폭포 보러 가자!" 어느 날 문득 누나가 내게 말했어. 그렇게 우리는 강원도 춘천에 있는 구곡폭포를 찾았지. 봉화산(해발 736미터) 기슭에 있는 높이 50미터의 폭포인데, 아홉 굽이를 돌아서 떨어진다 하여 구곡폭포라는 이름이 붙었다고 해. 춘천시 관광지로 지정된 곳이라, 입구에서 인당 이천 원씩 입장료를 내야 하는데, 호수권(춘천, 홍천, 화천, 양구, 인제) 주민은 무료야. 그리고 입장료를 내더라도 춘천사랑상품권으로 다시 돌려주기 때문에 사실상 무료라고 볼 수 있지. 구곡폭포는 관광지인데도 개들도 입장할 수 있어서 정말 좋아! 우리들에게는 입장료도 받지 않는다구.

　　넓은 주차장에 주차한 뒤, 표를 사고 산에 들어서면 초입에 작고 예쁜 개인 카페들이 줄지어 있어. (여기에서도 들어올 때 받은 상품권을 사용할 수 있어. 돌아오는 길에 커피를 마시면서 쉬는 것도 좋을 것 같아.) 입구에서 폭포에 이르는 오솔길은 1킬로미터 정도라, 천천히 즐기며 올라가도 왕복 1시간이면 충분하고도 남아. 숲이 우거진 산책로는 한여름이었는데도 무척 시원해서 기분이 좋았어. 그리고 곳곳에 계곡으로 내려갈 수 있는 곳이 있기 때문에 물가에서 쉬었다 가도 되지. 오래 걷는 게 힘든 친구들도 콧바람 쐬러 오기 정말 좋은 곳인 것 같아.

　　구곡폭포는 차가운 물보라와 숲그늘로 여름에는 시원

하고, 겨울에는 거대한 빙벽이 되어 매년 많은 빙벽 등산객들이 즐겨 찾는 곳이야. 폭포로 향하는 마지막 계단을 오르고 나니 우레 같은 소리를 내며 떨어지는 폭포를 마주할 수 있었어. 우리가 방문하기 전에 큰비가 와준 덕분이지. 여기서 다시 매표소로 돌아가도 되지만, 좀 더 산책하고 싶은 친구들은 문배마을을 한 바퀴 돌아서 매표소로 돌아오는 물깨말 구구리길을 걷는 것을 추천할게.

문배마을은 산으로 포근하게 둘러싸인 분지형 마을로, 예전에는 정말 오지 마을이었다고 해. 현재도 열 가구 정도가 토속음식점을 운영하며 살아가고 있어. 물깨말 구구리길은 봄내길 2코스로, 매표소와 문배마을을 한 바퀴 돌 수 있는 약 7킬로미터 정도의 순환 코스야. 다만 좀 힘들어. 폭포로 가는 계단을 내려와서 문배마을로 가는 오르막길을 오르는데, 30여 분간 이어지는 깔딱고개에 내 혀는 삐죽 튀어나왔고 누나 옷은 땀으로 젖어버렸어. 웬만한 등산보다 힘든 오르막이었지. 그래도 포기하지 않고 야자 매트가 잘 깔린 언덕을 올라 문배마을에 도착했어.

구곡폭포의 물줄기가 되는 생태연못 주위로 형성된 산책로를 한 바퀴 돌고 마을에서 유일하게 자동차가 드나들 수 있는 임도 언덕으로 갔어. 아, 문배마을과 매표소를 연결하는 길은 임도와 산길, 두 가지가 있어. 임도가 빙글빙글 오르락내

리락하면서 돌아가기 때문에 훨씬 길지. 생태연못 오른편으로 난 산길로 가면 훨씬 빠르게 내려갈 수 있어. 내려가는 길 중간에 산길과 임도가 교차하는 지점이 있어서 번갈아가면서 둘 다 이용할 수도 있어. 만약 이 길을 걷는 친구들이 있다면 먼저 산길로 걷다가 중간에 임도로 갈아타서 내려오는 코스를 추천할게.

여유롭고 가벼운 나들이는 물론 긴 트래킹까지 할 수 있는 구곡폭포는 춘천에 온다면 꼭 한 번 방문할 만한 곳이야.

이름이 재미있는

소똥령 칡소폭포

 **INFORMATION**

장소 강원도 고성군 간성읍 진부리 산1-17 (소똥령 입구)

코스
소똥령옛길 입구~하늘다리~소똥령 제1, 2, 3봉~칡소폭포~생태체험학습장~소똥령마을

걷는 거리　약 5킬로미터
걷는 시간　약 3시간
난이도　　★★★☆☆

오늘 소개할 곳은 소똥령 칡소폭포야. 이름이 재미있지? '소
똥령'이라는 이름에 얽힌 이야기는 다양해. 우선, 옛날에 사람
들이 장날에 소를 팔기 위해 능선을 넘다가 주막에서 쉬어 가
는데, 소가 똥을 하도 많이 누어 소똥령이 되었다는 설이 있
어. 또 다른 설은, 오랜 세월 많은 사람들이 이 고개를 넘어가
다 보니 봉우리에 자리가 패였는데, 그 모양이 소똥을 닮아 소

똥령이라 불리게 되었다는 거야. 어떤 게 진짜 이유인지는 몰라도 확실한 건 소똥령 숲길은 지금까지 외지인에게 개방되지 않아 자연 수목이 잘 보전되어 있는 오지이자, 수령 삼사백 년은 됨직한 웅장한 소나무들이 서 있는 숲길이라는 거야. 옛날, 한양으로 물건을 사러 가는 사람들이나 괴나리봇짐 메고 과거 보러 가는 선비들이 주로 지나던 길이었다는데, 산세가 험해 산적들이 자주 출몰했다고 해. 지금은 우리들도 가족들과 함께 걷기 좋은 길이 되었지!

우리는 진부령 고갯길 중간에 있는 소똥령 숲길 입구에서부터 소똥령마을 입구까지 편도 5킬로미터 정도의 길을 걸었어. (소똥령마을 입구까지 가지 않고 중간에 생태체험학습장까지만

간다면 편도 3.2킬로미터라 왕복도 가능해.) 소똥령 숲길 입구 도로
갓길에 주차하고 숲길을 따라 조금만 들어오면 소똥령 숲길
종합안내판과 소똥령 하늘다리가 나와. 이 다리를 건너면 본
격적으로 소똥령 숲길에 들어가게 돼. 소똥령 하늘다리는 소
똥령 입구에서부터 진부령 정상 부근에서 발원한 북천을 가
로지르는 다리야. 폭 1.5미터에 길이 58미터에 이르는 제법 긴

출렁다리야. 우선 용감한 내가 먼저 다리를 건너기 시작했어. 나 혼자 건널 때는 괜찮았는데, 누나가 뒤따라 다리로 올라오니 다리가 출렁출렁거려서 어지럽더라고. 다리 위에서 아래를 내려다보니 계곡이 있었는데 물이 엄청 많아서 수영하기 좋아 보였어.

소똥령 하늘다리를 건너고 나니 나이가 아주 많아 보이는 큰 나무들이 빽빽해서 깊은 숲에 들어온 것 같았어. 햇빛이 잘 들지 않아서 여름에도 선선한 기운이 느껴질 정도야. 우리는 숲속을 흐르는 작은 계곡을 따라 비탈길을 올라갔어. 앞에서 이 길은 소가 지나다니던 길이라고 얘기했었지? 그런데 아무래도 이런 길을 덩치 큰 소가 다니기에는 힘들었을 것 같아.

하늘다리를 지나 조금만 더 가면 진부리유원지(1.3킬로미터)와 장산리임도(980미터)로 이어지는 갈림길이 나와. 소똥령 마을은 백두대간의 준령인 진부령의 관문이어서 이 부근에는 여러 임도와 산길이 얽혀 있어. 1봉까지 가는 길은 계속해서 오르막이지만 그렇게 힘들지는 않아. 수백 년 됨직한 거대한 소나무와 굴참나무들이 빽빽하게 들어서, 완벽한 그늘이 되어주거든. 다만 그 때문에 전망이 안 좋다는 게 조금 아쉬웠어.

1봉을 지나 2봉으로 가는 길에 들어서니 원시림에 있는 느낌이었어. 오래된 소나무들로 빽빽한 숲길을 오르락내리락 어슬렁어슬렁 걷다 보면 2봉과 3봉을 지나게 되지. 3봉에서부터는 쭉 내리막길이야. 정신없이 하산하다가 아까 하늘다리

위에서 본 북천계곡을 만났어. 그리고 곧 칡소폭포로 내려가는 갈림길이 나타났어. 칡소폭포는 3미터 높이의 폭포로, 옛날부터 칡넝쿨로 그물을 짜서 걸쳐놓으면, 알을 낳기 위해 폭포를 뛰어넘는 송어나 연어 등을 손쉽게 잡을 수 있었다고 해.

　　칡소폭포는 생각보다 웅장해서 놀랐어. 제법 떨어진 바위에 앉아 있었는데도 볼까지 물이 튀었거든. 폭포수가 쏟아져 내릴 때마다 천둥처럼 요란한 소리가 났어. 거기다 그 사정없이 흐르는 물살이라니. 결국 우리는 입수를 포기하고 다시 갈림길로 돌아갔어. 조금 아쉽기도 했지만, 다행히 생태체험학습장으로 내려가기 직전에 깨끗한 소를 만났어. 물 색도 아주 맑은 옥빛이어서 바로 들어가 수영을 했어.

상쾌해!

　　수영을 마친 후 계단을 올라가니 깔끔하게 조성된 생태
체험학습장이 나왔어. 이곳에서부터 포장도로를 설렁설렁 걸
어 소똥령마을로 들어가면 트래킹은 끝이야. 일행을 구해서
입구 양쪽에 주차하고 차를 타고 돌아가면 편할 것 같아.

가을의 정취를 느껴보자

횡성호수길 5코스

INFORMATION

장소 강원도 횡성군 갑천면 구방리 526 (망향의 동산)

코스
망향의 동산~A코스~B코스~A코스~망향의 동산
입장료 2,000원

걷는 거리 약 9킬로미터
걷는 시간 약 2시간 30분
난이도 ★☆☆☆☆

고요한 호수 전경.

횟성호수는 남한강 제1지류인 섬강의 물줄기가 2000년 준공
된 횟성댐에 잠기면서 만들어진 인공호수야. 그리고 2011년
가을부터 개방된 횟성호수길은 최장 31.5킬로미터에 달하는
횟성호 둘레길이야. 1구간 횟성댐길(약 3킬로미터), 2구간 능선
길(약 4킬로미터), 3구간 치유길(약 1.5킬로미터), 4구간 사색길(약
7킬로미터), 5구간 가족길A·B(약 9킬로미터), 6구간 회상길(약 7
킬로미터)로 이루어져 있는데, 오늘은 그중 가장 인기 있는 5구
간을 소개할게. 두 바퀴 돌아 원점 회귀하는 코스인데, 내내

호수를 바로 옆에 두고 걷는 평탄하고 포근한 길이야. 하지만 그늘이 많지 않아서 여름엔 피하는 게 좋아. 알록달록 낙엽옷을 입은 나무들이 호숫가를 물들이고 억새들이 부드럽게 흔들리는 가을이 제일 걷기 좋은 계절이야. 초겨울에 낙엽으로 포장된 길을 가볍게 밟으며 걷기에도 아주 훌륭하고.

가족길이라는 이름 그대로, 5구간은 걷기 편하고 쉬운 코스야. 지난해에 다녀왔을 때만 해도 4.5킬로미터짜리 코스였는데, 현재는 4.5킬로미터를 더 추가해 9킬로미터 거리가 되었어. 기존의 코스를 A코스, 새로 연장한 코스를 B코스 또는 오색꿈길이라고 불러. A코스를 절반쯤 가다 보면 오색꿈길

로 들어서는 갈림길이 나타나. B코스 오색꿈길도 원점 회귀형 코스라서, 4.5킬로미터를 걸은 이후 입구 근처에 있는 출구로 빠져나오면 다시 A코스를 걷게 돼. 출발점이자 도착 지점인 '망향의 동산'은 호수 마을 주민들이 횡성댐 공사로 고향을 떠나면서, 고향을 잊지 않겠다는 마음을 담아 구방리 옛 화성초등학교 옆 야산에 조성한 곳이야.

오늘은 누나와 엄마와 함께 걸었어. 주차장에서 약 5분 정도 걸어가면 길이 양 갈래로 나뉘어. 횡성호수길은 찾는 사람이 많지만, 시계 방향 코스라 걷는 동안에는 사람을 정면에서 마주치지 않고 걸을 수 있는 편이야. 출발점인 왼쪽 코스는 제법 널찍한 흙길로, 호수의 풍경을 두 눈에 가득 담으며 편하게 걸을 수 있어. 커피 한 잔 마시며 걷기에도 참 좋은 곳이라 커피를 좋아하는 엄마는 주차장에 있는 작은 카페에서 따뜻한 커피를 사 들고 출발했어. 걷다 보면 곳곳에 자작나무로 만든 사슴·여치·강아지·무당벌레 등 다양하고 귀여운 동물 조형물들도 찾아볼 수 있어.

늦가을임에도 소박한 길 위로 햇빛이 쏟아져서 살짝 더웠어. 그래도 따뜻한 햇볕과 시원한 공기, 발밑에서 바스락거리는 낙엽들의 감촉이 참 기분 좋은 계절이야. 또 그림 같은 호수 풍경이 펼쳐진 길 위에는 전망대, 정자 같은 쉼터들이 과하지 않으면서 필요에 알맞게 조성되어 있어 얼마든지 쉬어 갈 수 있어. 불필요한 데크길은 만들어두지 않았지. 횡성호수길 5코스가 정말 좋았던 점 중 하나가 바로 이 자연스러움이야. 때로는 너무 많은 편의시설이 오히려 자연을 즐기는 즐거움을 방해하기도 하니까.

횡성호수길 5구간을 걷다 보면 넓은 길뿐만 아니라 산길 같은 오솔길도 걷게 돼. 하지만 오가는 사람들이 많아 길이 잘 닦여 있고, 비탈길이 없어서 가을의 정취를 느끼며 편하게 산책하기 좋은 곳이야.

가족애가 느껴지는

노추산 모정탑길

 INFORMATION

장소 강원도 강릉시 왕산면 대기리 산716 (노추산 힐링캠프)

코스
세월교~노추산 힐링캠핑장~모정탑길~세월교

걷는 거리 약 3킬로미터
걷는 시간 약 1시간
난이도 ★☆☆☆☆

노추산(해발 1,322미터)은 강릉시 왕산면과 정선군 여량면 사이 태백산줄기에 있는 산이야. 여러 명망 있는 산들과 어깨를 나란히 하고 있는 노추산은 설총과 율곡 이이가 학문을 닦은 곳으로, 산 아래 율곡 선생의 비석 구도장원비가 있어. 아홉 번 장원급제했다는 율곡 선생이 이곳에서 수학할 때 남긴 비석이래. 그런데 정작 노추산이라는 이름은 노나라 대표 인물인 공자와 추나라 대표 인물 맹자의 뜻을 기리기 위해 지었다고 하니 아이러니해. 조선의 학자 율곡 이이가 학문을 닦은 곳이니, 그분의 이름을 따야 하지 않나 싶은데 말이야.

아무튼 다시 노추산 얘기로 돌아가보자. 노추산은 가족을 향한 사랑을 떠올리게 하는 '모정탑길'로 유명해졌어. 강릉에 사는 차순옥 할머니의 이야기를 들려줄게. 남편이 병에 걸리고 두 아들을 잃는 등 집안에 우환이 끊이지 않던 어느 날, 차순옥 할머니는 꿈을 꾸었다고 해. 꿈에 나타난 산신령은 깊은 산에 들어가 돌탑 삼천 개를 올리면 우환이 사라질 거라고 말해줬대. 할머니는 그 말을 따라 산속에 들어가 26년간 혼자 살며 산자락에 삼천 개가 넘는 돌탑을 쌓았어. 돌탑은 대부분 어른 키만 하고, 성인 남자가 들기도 힘들어 보이는 바위들도 많았다고 해. 혼자 묵묵히 돌을 날라 탑을 쌓아갔을 할머니를 생각하면 가족의 평안을 기원하는 그 지극한 마음과 열심이 전해져오는 것 같아. 차순옥 할머니는 2011년 68세의 나이로 세상을 뜨시면서 대기리마을 주민들에게 돌탑을 관리해줄 것

을 부탁했다고 해. 그렇게 한 사람의 힘으로 만들어진 약 1킬
로미터의 모정탑길은 현재까지도 많은 이들이 찾는 곳이 되었
어.

　　노추산 트래킹 코스는 모정탑길을 지나 배나드리마을까
지 연결하는 아리바우길로 이어져. 모정탑길이 시작되는 입구
에는 반려견 동반이 가능한 '노추산 힐링캠프'가 있어. 숲이 우
거진 캠프 사이트에 계곡을 낀 모정탑길 산책로까지 있어서
이름 그대로 1박 2일 '힐링 캠핑'을 할 수 있는 곳이지.

누나의 TMI

아리바우길 3코스는
2018년 평창동계올림
픽을 기념해 조성한 길
로, 정선(아리길)에서
강릉(바우길)으로 이어
지며 노추산을 통과한
다.

세월교라는 낮은 다리를 건너면 모정탑
길이 시작돼. 다리 앞에 차단기가 있어서, 당일
치기로 왔다면 다리를 건너기 전에 주차하고
도보로 건너야 해. 모정탑길 초입에 있는 정교
하고 큰 돌탑들은 마을 주민과 방문객들이 쌓
은 거라고 해. 관광객들을 위한 포토존과 모정
탑길 이야기가 적힌 안내판도 있어.

다소 간지러운 인증사진은 건너뛰고 산
책로에 들어섰어. 산책로는 평평한 길로 시작
해서 자갈밭이 나오고 이후 등산로로 갈라지
는 곳에서 할머니가 쌓은 탑들이 나타나. 한 바
퀴 돌아 나오면 끝나는 1킬로미터 정도의 짧
은 길이지만, 중간에 계곡으로 내려갈 수도 있
고, 빽빽한 소나무들과 길옆으로 흐르는 깨끗
한 물, 상쾌한 공기를 느낄 수 있어. 캠핑장에
서 하룻밤 머물며 아침 햇살이 쏟아지는 모정
탑길을 걸어도 좋고, 당일치기로 방문해 모정
탑길에서 이어지는 아리바우길 3코스나 노추
산 정상까지 다녀오는 것도 좋은 일정이 될 것
같아.

누나의 TMI

노추산 힐링캠프의 이
용료는 사이트별로 이
만오천 원에서 사만 원
까지 다양하다. 동절기
에는 운영하지 않는다.

203

강력 추천 동계 백패킹지

박달고치

 **INFORMATION**

장소 강원도 인제군 남면 남전리 10 (햇살향토식당)

코스
남전리 햇살마을~박달고치~남전리 햇살마을

걷는 거리 약 6킬로미터
걷는 시간 약 3시간
난이도 ★☆☆☆☆

오늘은 강원도 인제의 박달고치를 소개할게. 고치는 '골'을 뜻하는 사투리인데, 말 그대로 박달나무가 많은 골짜기라는 뜻이야! 현재 인제군은 시험적으로 박달고치를 백패킹 장소로 운영하고 있어. 살구미에서 시작하는 인제 천리길(소양강 둘레길 1코스)을 약 5킬로미터 정도 올라오는 코스가 정비되어 있지. 하지만 이 코스는 계곡 골짜기로 올라야 해서 편한 길은 아니야. 그래서 우리는 임도를 이용해 조금 더 쉽게 올라가는 편을 택했어.

입구가 되는 남전리 햇살마을에서 박달고치까지는 편도 약 3킬로미터야. 그중 1킬로미터 정도는 가파른 아스팔트 오

르막으로 되어 있어. 그렇기 때문에 차를 타고 포장된 임도까지 와서, 햇살구상숲이라고 적힌 나무 조각상 옆 공터에 차를 세우고 가면 폭신폭신한 흙길만 걸을 수 있지.

남전리 햇살마을까지 가는 길에는 키 크고 근사한 전나무들과 키 작은 구상나무들이 서 있어. 이곳은 국내 최초의 구상나무숲이야. 구상나무는 20미터까지 자란대. 이 나무들도 아직은 작지만, 앞으로 10년 정도 뒤에는 훌쩍 커서 제법 아늑한 숲길을 만들어줄 거야. 물론 지금도 길쭉한 전나무들이 마치 외국의 숲에 있는 것처럼 근사한 느낌을 주지만, 시간이 지나면 더욱 아름다울 것 같아. 특히 눈 쌓인 겨울에 온다면 훨

씬 근사하겠지.

박달고치에 올라서면 멀리 설악산 국립공원과 양구 방향의 대암산·매봉산 등 해발 1,000미터 이상의 명산들과 소양호가 보이는 탁 트인 풍광이 나타나. 올라오는 데 들인 노력에 비해 더없이 훌륭한 풍경이야! 소양호를 바로 앞에 두고 있어서 인제에는 아침마다 운해가 가득 깔리는데, 이곳 박달고치에서도 멋진 운해를 볼 수 있지. 서쪽 방향이기 때문에 소양강 너머로 아름답게 지는 노을도 볼 수 있어.

눈 내린 뒤 동계 백패킹지로 찾기에 더할 나위 없이 완벽한 곳이야. 친구들도 꼭 하룻밤 머물러보았으면 좋겠어!

깨끗한 눈을 만날 수 있는 곳

안반데기

INFORMATION

장소 강원도 강릉시 왕산면 대기리 2214-94 (와우안반데기 카페)

———

코스
카페(피득령)~일출전망대~헬기장~정자 쉼터(성황당)~카페~멍에전망대~카페

———

걷는 거리   약 6.3킬로미터
걷는 시간   약 3시간
난이도   ★★☆☆☆

눈이 오면 산책이 얼마나 신나는지 몰라. 뽀득뽀득 눈도 밟을 수 있고, 뛰다가 더우면 눈밭에 굴러서 열을 식히면 되거든. 하지만 우리가 살고 있는 도시에서는 눈이 내려도 금방 까맣게 더러워져버려. 나는 눈 먹는 것도 좋아하는데, 누나는 몸에 좋지 않다고 못 먹게 해. 또 눈이 얼지 않게 염화칼슘까지 뿌려서 맨발로 다니는 우리들은 발을 다칠 수도 있대. 그래서 우리 누나는 겨울이면 나를 데리고 강원도로 가. 거기는 깨끗한 눈이 엄청 많이 내려서 마음껏 눈을 먹을 수 있거든. 누나랑 눈썰매도 타고 눈싸움도 할 수 있고 말이야.

이번에 소개할 곳은 겨울 트래킹 장소인 안반데기야. 땅의 형태가 떡메를 치는 안반같이 널찍하고 우묵해서 붙은 이름이야. 구름 위의 땅이라고 불리는 안반데기는 무려 해발 1,100미터 고산지대에 위치해 있지. 그래서 쏟아질 듯 많은 별들을 볼 수 있는 장소로도 유명해. 또 우리나라 최대 고랭지 배추밭으로 매년 7월 중순부터 배추들이 싹을 틔우기 때문에 그 푸른 전경을 보기 위해 많은 사람들이 찾는 관광지야.

안반데기에 올라오는 길은 두 가지야. 강릉(대기리)에서 올라오는 방향과 횡계(평창 수하리)에서 올라오는 방향. 그런데 횡계 쪽은 제설 작업을 하지 않기 때문에 눈이 많이 내리면 통행할 수 없다는 것을 명심해! 잘못하면 40여 킬로미터를 돌아가는 불상사가 생길 수도 있다구. (누나한테는 비밀인데 사실 이거 내 경험담이야!)

내비게이션으로 카페이자 고랭지농촌문화관인 '와우
안반데기'를 검색하고 와서 그 앞에 주차하면 돼. 공공화장실
은 동파 방지를 위해 겨울철에는 폐쇄되니, 화장실에 가고 싶
은 가족들은 카페 화장실을 이용해야 해. 카페를 마주 보고 오
른쪽으로는 일출전망대, 왼쪽으로는 멍에전망대로 가는 코스
야. 각각 편도 1킬로미터, 왕복 2킬로미터로 거리는 같지만, 사
람을 피해 느긋한 트래킹을 즐기고 싶으면 일출전망대 쪽으로
가는 게 나을 거야. 아스팔트 임도여서 눈이 많이 쌓여 있어도
걷기에 부담스럽지는 않아.

우리도 일출전망대 쪽으로 가기로 했어. 본격적인 트래

킹에 앞서 단단히 준비했지. 누나는 양손에 스틱을 꺼내 들고, 나에게도 겨울옷을 챙겨 입히고 부츠를 신겼어. 불편하지만 설산 트래킹을 위해서는 준비가 필요하다는 걸 이제는 알아. 길게 이어진 오르막길을 따라 언덕을 올랐어. 봉우리에서 잠시 거친 숨을 고르고 나니 눈이 가득 쌓인 안반데기의 전경이 마음을 사로잡았어. 넓은 곳을 내려다보고 있으니 너른 곳을 마음껏 내달리던 때가 생각나는 것 같아.

그다음부터는 내리막길이었어. 누나는 마치 기다렸다는 듯이 가방에서 썰매를 꺼내 들었지. 썰매를 타고 씽씽 신나게 눈 덮인 언덕길을 미끄러져 내려가는 누나의 웃음소리를 따라

나도 폭신한 눈 위를 뛰어 언덕을 내려갔어. 예전만큼 빠르지는 않지만 깡충깡충.

안반데기 일출전망대 코스는 짧은 오르막과 내리막을 반복하는 임도여서 코스 자체가 많이 힘들진 않지만, 아무래도 발이 푹푹 빠지는 눈 위를 트래킹하는 건 평소보다 배 이상 힘든 일이야. 원래 우리는 멍에전망대까지 다녀오려고 했지만 다음을 기약하고, 일출전망대를 지나면 나오는 헬기장에서 원점 회귀하기로 했지.

어느 날 별이 보고 싶어지는 밤이면 이곳을 다시 찾을 거야. 하얀 도화지 같던 안반데기에서 썰매를 타고 놀았던 오늘의 기억은 사진처럼 선명하게 마음속에 영원히 남을 것 같아.

철원평야에 떠 있는 작은 섬

소이산

◎ **INFORMATION**

장소 강원도 철원군 철원읍 관전리 (노동당사)

코스
노동당사~소이산 입구~봉수대~헬기장~생태숲길~노동당사

걷는 거리   약 6킬로미터
걷는 시간   약 2시간 30분
난이도   ★★☆☆☆

노동당사 앞에서.

철원평야에 작은 섬처럼 떠 있는 소이산(해발 362미터)은 고려 시대부터 봉수지로 활용되었을 만큼 조망이 뛰어나. 한국전 쟁 때도 전망대 역할을 했다는데, 소이산이 없었다면 결코 철 원평야를 지키지 못했을 거라는 말도 있어. 전쟁 이후에는 민 간인통제구역이 되어 사람의 발길이 끊기면서, 아름다운 생 태환경을 갖추게 되었어. 오늘 우리는 먼저 소이산 정상에 올 라 풍경을 조망한 뒤, 왔던 길로 내려와서 소이산 주변 생태숲 길과 지뢰꽃길을 걸어 노동당사로 돌아갈 거야.

소이산 생태숲 녹색길 입구에는 주차장이 없어서 노동

당사에 주차하고 1킬로미터 남짓 걸어가야 해. 그래도 가는 길에 이정표가 잘되어 있으니 길 찾는 건 걱정하지 마. 소이산 정상 가는 길은 임도로 되어 있어. 거리는 매우 짧지만 경사가 급하기 때문에 먼저 스트레칭을 해서 몸을 풀어주는 게 좋을 거야.

구불구불한 임도를 따라 오르다 보면 소이산 평화마루공원을 만나게 돼. 평화마루공원은 미군이 레이더 기지로 사용하던 곳으로, 미군 막사 건물도 있고 방공초소와 발칸포 등 전쟁의 흔적들이 남아 있어. 평화마루공원을 지나 조금 더 걷다 보면 정상이야. 정상에는 철원평야를 한눈에 담을 수 있는 전망대와 군부대 헬기장이 있어. 동서남북 사방이 훤히 보이는 헬기장에 서니 마치 해발 1,000미터가 넘는 고산에 올라온 듯한 기분이 들었어. 숲이 우거진 임도를 따라 힘들이지 않고 올라올 수 있어서, 어느 계절에 오더라도 정상의 기쁨을 느낄 수 있을 것 같아.

정상의 경치를 눈 안에 가득 담고 왔던 길로 산을 내려와서 둘레길을 걸었어. 우리처럼 산 정상까지 갔다가 둘레길을 걷는 코스를 '한여울 5코스'라고 불러. 정상에서 내려오다 보면 오름길을 완전히 벗어나기 직전 오른편에 둘레길 입구가 있어. 소이산 생태숲길과 지뢰꽃길은 각각 약 2.7킬로미터, 1.3킬로미터로 도합 4킬로미터 정도야. 경사가 거의 없는 편안한 산책로야.

　둘레길을 걷다 보면 예전에 사용하던 군사시설이 곳곳에 남아 있기 때문에 전쟁이 일어났던 곳이라는 게 더욱 실감나는 것 같아. 특히 지뢰꽃길부터는 계속 철조망이 쳐진 길을 따라 걷게 돼. 왜 지뢰꽃길일까 궁금했는데 소이산 북쪽은 전부 지뢰밭이기 때문에 붙은 이름이래. 여러 가지 생각을 하게 되었어.

　소이산 둘레길은 중간중간 쉼터가 있지만, 전체적으로 정돈되지 않은 듯한 인상을 줘. 하지만 자연 그대로의 모습이어서 오히려 더 좋았던 것 같아. 둘레길이 끝나면 정자가 나와. 그러면 논길을 따라 쭉 돌아오면 돼. 누구나 충분히 걸을 수 있고, 힘들이는 것에 비해 훌륭한 경치를 볼 수 있기 때문에 추천하는 곳이야.

억새밭에 펼쳐진 은세계

유명산

⊚ INFORMATION

장소 경기도 양평군 옥천면 용천리 (배너미고개)

———

코스
배너미고개~활공장~유명산~배너미고개

———

걷는 거리 약 9킬로미터
걷는 시간 약 3시간
난이도 ★★☆☆☆

해발 862미터 유명산은 동쪽으로 용문산(해발 1,157미터)과 이웃해 있고 약 5킬로미터에 이르는 계곡을 거느리고 있어. 산줄기가 사방으로 이어져 있어 얼핏 험해 보이지만, 사실 능선이 완만해서 가족 산행지로도 적합해.

배너미고개(해발 670미터)는 오늘의 출발·도착 지점이자, 유명산과 대부산, 용문산 어디로든 갈 수 있는 길목이야. 차를 타고 배너미고개에 도착하면 오른쪽에 용문산으로 향하는 등산로가 있어. 용문산은 아주아주 등산 난이도가 높은 산이야. 코스가 길고 바위와 가파른 계단도 많거든. 그에 반해 유명산과 대부산 쪽은 아주 편한 길이지. 대부산(해발 743미터)은 경기도 가평군과 양평군의 경계에 있는 산이지만 웬만한 지도에는

이름도 나와 있지 않아. 다만 계곡을 사이에 두고 유명산과 마주 보고 있기 때문에 더불어 회자되는 산이지.

유명산과 대부산은 구별하기가 쉽지 않아서, 사실 오늘 가는 곳을 유명산이라 소개해야 할지 대부산이라 소개해야 할지 고민이 많았어. 또 두 봉우리 사이에는 광활한 억새 평원이 펼쳐져 있는데, 그러다 보니 "대부산 억새 평원을 걷자!" 하면 그것이 곧 "유명산 억새 평원을 걷자!"가 되거든. 나는 이 길을 통해 유명산 정상에 다녀왔으니까 유명산이라고 소개할게!

대부분 그늘보다는 억새밭을 따라 걷는 길이기 때문에 더울 때는 방문을 피해야 해. 특히 여름에 왔다가는 쪄 죽을 수도 있어. 억새들이 뒤덮은 이 산들은 활용도가 높아서 패러글라이딩 활공장이 두세 군데 있고, 사륜 오토바이 코스도 개발되어 있어. 종종 오프로드 차량들이 이곳에서 테스트를 하기도 해. 배너미고개에서 내가 자주 가는 활공장까지는 왕복 7~8킬로미터 정도로, 딱 걷기 좋은 거리야. 유명산 정상까지 다녀와도 9킬로미터 조금 넘을 뿐이지만, 쭉 평지를 걷다가 활공장 이후부터 정상까지는 오르막이기 때문에 처음 방문했던 날 빼고는 정상에 다녀온 적이 없어.

양평에 드디어 눈이 펑펑 내린 날, 누나랑 배너미고개로 향했어. 배너미고개에 오르는 길은 길고 꼬불꼬불하고 경사도 가팔라서, 체인을 걸지 않은 자동차는 정상까지 갈 수가 없어.

우리도 결국 고개 중간쯤에 차를 세우고 걸어서 올라가기로
했어. 그래도 오랜만에 보는 눈이 반가워서 힘든 줄도 모르고
고개를 올랐지.

　고개 정상에는 작은 매점과 사륜 오토바이 타는 곳이 있
어. 우리는 망설임 없이 차단기가 놓인 왼편 임도로 들어섰지.
초반은 해가 들지 않는 응달이어서 나무들 모두 아직 하얀 눈
을 두르고 있었어. 말 그대로 새하얀 세상이었지. 눈 속에 파
묻혀 뒹굴뒹굴하는 느낌은 정말이지 끝내줘.

　1킬로미터 정도 걷다 보면 고랭지 채소밭이 나오는데,

여기서부터는 시야가 확 트여. 동쪽 좌측으로 어비산과 정면에 양평의 제왕산 용문산, 우측으로는 용문산의 남쪽 능선을 전체적으로 조망할 수 있고, 오른쪽 끝으로는 양평 시내와 남한강이 보여. 설탕을 뿌린 듯 새하얀 용문산을 배경으로 멋진 인증사진을 찍었어. 근데 봄에 다시 찾아와서 보니, 밭 주인이 철조망을 쳐두어서 더 이상 이곳을 배경으로 사진을 찍을 수 없게 됐어.

임도를 걷다 보면 오른쪽 억새밭 능선으로 향하는 갈림길이 나와. 억새밭 봉우리에는 영화 〈관상〉을 촬영했던 세트장이 있다고 하는데 한 번도 가본 적은 없어. 우리는 왼쪽 능선길로 나아갔어. 한참 지루하게 걷다 보면 숲길이 끝나고 억새 능선이 펼쳐지지. 이곳에서 왼쪽으로 계속 가면 패러글라이딩 활공장이고, 오른쪽 언덕을 오르면 유명산 정상 가는 길이야. 쭉 편한 임도였는데, 여기서부터 정상까지는 오르막길이야. 하지만 사방이 뻥 뚫린 억새 평원과 아래 풍경 덕분에 오르막도 힘들지가 않아. 뙤약볕 구간이 길어 서늘한 봄가을에도 숨을 헐떡이게 되지만. 오른쪽 언덕을 치고 올라가다 보면 활공장을 두 개 더 지나치게 돼. 그리고 마침내 정상이야!

돌아올 때는 햇빛에 녹은 눈이 진흙과 뒤섞여 온몸이 엉망진창이 됐지만 그래도 정말 재미있는 트래킹이었어.

설산 트래킹 즐기기 200% 성공

태기산

INFORMATION

장소 강원도 평창군 봉평면 진조리 (무이쉼터)

코스
양구두미재~태기분교~태기산 전망대(정상석)~양구두미재

걷는 거리 약 10킬로미터
걷는 시간 약 4시간
난이도 ★★☆☆☆(눈이 오면 힘들어요)

오늘 누나랑 찾아간 산은 해발 1,261미터, 횡성군에서 가장 높은 태기산이야. 진한의 마지막 임금인 태기왕이 산성을 쌓고 신라군과 싸웠다는 이야기에서 유래한 이름이래. 태기산은 웅장한 산세와 전망이 일품이지만, 눈이 많이 내리는 겨울철에는 설경도 아름다워.

　　오늘 걸을 길은 산철쭉길. 둔내면에서 봉평면으로 넘어가는 양구두미재에서 시작하는 길이야. 등산로가 시작되는 임

234

도 앞 쉼터에 차를 세우고 트래킹을 시작하면 돼. 주말에는 차들이 도로를 따라 길게 늘어서서 일찍 도착하지 않으면 한참 아래에서 걸어 올라오게 될지도 몰라.

고속도로를 벗어나 횡성에 도착했을 때는 정말 산에 눈이 있을까 의심스러웠지만, 기우였어. 고개를 올라갈수록 눈이 점점 많아지더니, 등산로 입구에 도착하자 사방에 하얀 눈이 가득했거든. 차 문을 여니 차가운 바람이 우리를 덮쳤지. 누나가 나한테 도글라스를 씌워주고 가방을 메주었어. 그러고 나서 누나도 커다란 가방을 멨지. 당일치기일지라도 설산 트래킹을 할 때는 특별히 준비물이 많아. 여분의 양말과 장갑, 수건, 두꺼운 겉옷, 접이식 썰매까지 한 짐 챙겨 출발했어.

산철쭉길 구간은 평소에는 일반 차량들도 통행할 수 있게 개방되어 있지만 동절기(12월~3월)에는 동파 사고를 방지하기 위해서 차량 출입을 통제하고 있어. 양구두미재 입구는 해발 980미터로 매우 높고 아스팔트 도로여서 눈이 오고 나면 정상까지 살방살방 걷기 좋은 길이 돼.

가는 길에 등산 오신 아저씨 아줌마 들을 많이 만났는데, 다들 도글라스랑 가방을 착용한 날 보고 귀엽다고 난리였어. 나처럼 몸집이 커서 평소에 싫은 소리를 자주 듣는 친구들이라면 하나쯤 귀여운 무기를 장착해보는 것도 좋을 것 같아.

누나의 TMI

장갑과 양말은 젖으면 갈아 신을 수 있도록 두 개 이상 챙기자. 또 산에 올라가면서 몸에 열이 나기 때문에 출발할 때는 살짝 추울 정도로 가볍게 입는 것이 좋다. 너무 따뜻하게 입고 오르다 땀이 나면 낭패다. 대신 두툼한 외투를 챙겨, 중간에 휴식을 취할 때와 내려올 때 체온을 유지하도록 하자.

옛날에는 태기산 안에 분교가 있었대. 열심히 정상을 향해 걷다 보면 '자연과 역사가 공존하는 태기산 국가생태탐방로'라고 적힌 안내판이 나오는데 이 왼편에 분교터가 있어. 비록 지금은 기념관이 세워지고 생태체험장으로 재탄생해서 옛 분교의 모습을 가늠하기 어렵지만, 1965년 화전민 아이들이 이곳에서 공부를 했다고 해. 하늘을 향해 쭉쭉 뻗어 있는 잣나무숲 곳곳에 나무 데크가 있어서 누나가 쉬었다 가자며 간식을 줬어. (아! 이곳에는 푸세식 화장실도 있어.)

태기분교터에서 정상까지는 거리가 얼마 되지 않지만, 뜬금없이 한참 내려가다 다시 올라가는 길이야. 눈 내린 뒤에는 미끄럽기 때문에 넘어지지 않게 조심해야 해.

태기산은 고도가 높아서 큰 눈이 한 번 내리고 나면 상고대가 잘 사라지지 않아. 그래서 외국에 온 것처럼 하얀 눈꽃이 가득 핀 침엽수림을 볼 수 있지. 정말 아름다운 풍경이야.

가다 보면 커다란 정상석이 나오는데, 사실 이곳은 정상이 아니야. 진짜 정상은 한국방송공사 송신소가 있는 곳인데, 입산 통제로 그곳까지는 갈 수 없기 때문에 대신 그 아래 정상석을 세워둔 거야. 끝으로, 미리 챙겨 온 썰매를 타고 신나게 내려오면 설산 트래킹 즐기기 200% 성공이야.

북유럽에 와 있는 듯한 느낌을 주는

웰니스 숲길

ⓞ INFORMATION

장소 강원도 평창군 봉평면 면온리 1092 (휘닉스 평창유로빌라)

———

코스
숲길 입구~삼거리 갈림길(a1)~갈림길~삼거리 갈림길(a6) (원점 회귀)

———

걷는 거리   약 5킬로미터 (왕복)
걷는 시간   약 2시간
난이도   ★☆☆☆☆

강원도 평창에 산 좋고 공기 좋은 길이 있어. 생명이 살기에
가장 쾌적한 고도라는 해발 700미터 태기산 자락을 따라 걷
는 웰니스(wellness) 치유의 숲길이야. 여름철 폭염에 시달린
몸과 마음을 위로하기에도, 겨울에 눈을 밟아가며 심신을 치
유하기에도 딱인 곳이야. 숲길은 해발 1,261미터 태기산 정상
에서 동남쪽으로 산허리를 돌아가는 길로, 오르막과 내리막
이 은근히 많기 때문에 가족들에게 꼭 운동화를 신으라고 말
해줘야 해.

트래킹 출발점은 휘닉스 평창유로빌라 뒤편과 행사장,

두 군데야. 숲길은 이 두 입구를 연결하는 1코스와 2코스, 그리고 몽블랑까지 계속 올라가는 3코스로 구성되어 있는데, 이세 코스의 길이를 합하면 총 5.2킬로미터야. 우리는 이 중 2.6킬로미터인 1코스를 왕복했어. 1코스도 오르막과 내리막이 반복되지만 다른 코스에 비해서는 제일 쉬운 둘레길 수준이야. 침엽수, 참나무, 자작나무, 속새, 산죽 등 다양한 나무들로 이루어져 볼거리가 많은 재미있는 숲이지. 2코스는 낙엽송 군락지를 따라 언덕을 오르는 길이야. 오르막이 심한데, 느낌은 여느 숲과 다를 게 없기 때문에 2코스를 걷기보다는 1코스를 왕복하는 것을 추천할게.

주차장에 차를 대고 숲길을 걷다 보면 얼마 지나지 않아 갈림길이 나와. 이곳에서 1코스, 2코스, 3코스로 나뉘게 되지. 우리는 1코스로 진행했어. 근데 곧이어 다시 갈림길이 나오는 거야! 나중에 알았지만, 이 두 길은 모두 1코스에 해당하며, 불과 몇 백 미터 뒤에 다시 합류하게 돼. 다만 오른쪽은 조금 어려운 오르막길 코스이고, 왼편은 상대적으로 쉬운 평지 코스야. 갈 때는 오른쪽 길로 가서 오래 걸렸는데, 돌아올 때는 왼쪽 길을 이용하여 순식간에 도착해서 당황스러웠어. 여름이라면 굳이 땀 흘릴 필요 없이 왼쪽 길만 이용하는 게 나을 것 같아.

두 길이 다시 합류한 뒤에는 자작나무 군락이 눈처럼 새하얀 자태를 뽐내며 기다리고 있어. 껍질에 불을 붙이면 '자작자작' 소리가 난다고 해서 자작나무라는 이름이 붙었다는데, 정

말 귀엽지 않니? 자작나무 군락을 지났다면 숲길에서 가장 높은 지점에 온 거야. 반대쪽 입구까지는 쭉 내리막길이 이어져.

웰니스 숲길 1코스는 해발 600미터 후반대부터 800미터까지 고도를 높여가며 산 둘레를 따라 걷는 둘레길이야. 하얀 눈밭에서도 푸르름을 잃지 않은 산죽들이 맞아주는 내리막길을 따라 걷다 보면 어느새 젓가락을 꽂아놓은 듯 하늘로 치솟은 침엽수 군락 한가운데를 지나고 있을 거야. 숨을 깊게 들이마시면 향긋한 냄새가 나.

높고 곧고 푸른 나무들이 빽빽하게 숲을 이룬 덕에 바로 옆에 리조트가 있음에도 마치 북유럽의 어느 숲속을 찾은 듯한 기분이 들었지. 1코스와 2코스의 갈림길을 전환점으로 삼고 다시 왔던 길을 되돌아오면 오늘의 산행 끝이야. (휘닉스 평창유로빌라에는 작은 친구들부터 나보다도 큰 친구들까지 묵을 수 있는 펫룸이 있어. 몽블랑까지 올라가는 곤돌라도 함께 탈 수 있어서 1박 2일로 여행하기에도 정말 좋을 것 같아.)

은하수를 보러 가자

육백마지기&육십마지기

 **INFORMATION**

장소 강원도 평창군 미탄면 회동리 1-18 (청옥산 육백마지기 전망대)

코스
미탄면 소재지~청옥산길~전망대 주차장~청옥산 정상

걷는 거리 약 10킬로미터
걷는 시간 약 4시간
난이도 ★☆☆☆☆

가리왕산(해발 1,561미터)에서 중왕산(해발 1,376미터)으로 이어지는 남쪽 능선 끝에, 비교적 평탄하며 산세가 육중한 청옥산(해발 1,256미터)이 있어. 청옥산의 정상부는 '육백마지기'라 불려. 마지기란 우리나라의 옛 넓이 단위로, 한 마지기는 곡식 한 말을 수확할 수 있을 정도의 넓이라는데, 보통 200~300평 정도를 한 마지기로 잡는다고 해. 그러니 육백 마지기면, 해발 1000미터 고지에 10만 평이 넓는 광활한 초원 지대가 있는 거지.

예전에는 이곳에서 고랭지 배추를 경작했다고 하는데, 지금은 은하수를 볼 수 있는 명소로 떠올랐어. 도로가 잘 정비되어 있어 국내에서 차로 갈 수 있는 몇 안 되는 고원지대이기 때문이야. 평창군은 2020년 이곳에 주차장과 전망대, 데크길을 만들고 데이지꽃을 심으며 본격적인 관광지로 개발하기 시작했어. 정상의 넓은 농경지와 풍력발전기가 장관을 이루고, 고도가 높아 여름에도 서늘한 바람이 부는 지역이어서, 여름철 피서지로도, 겨울철 눈을 보러 오기에도 안성맞춤인 곳이지.

미탄면 소재지에서 청옥산길로 올라가야 하는데, 길이 구불구불하고 경사가 가팔라. 또 전망대 주차장 약 1킬로미터 전부터는 비포장길을 올라가야 해서 눈 구경 오려면 꼭 스노우 체인이 필요해. 하지만 다른 계절에는 어느 승용차나 거뜬히 올라올 수 있어.

전망대 주차장에는 넓고 깨끗한 화장실도 준비되어 있어. 또 화단에는 야생화들을, 비탈길 초원에는 데이지 꽃들을 심어놓아서 6, 7월에 오면 발아래 활짝 핀 하얀 데이지 꽃밭들도 볼 수 있어. 하지만 나는 눈이 가득 쌓였던 2월에 차박을 하러 이곳을 찾았어.

여름과는 다르게 사람들의 발길이 비교적 적은 한겨울, 청옥산 육백마지기는 서늘하리만치 한산했어. 차 안에 있을 때는 몰랐는데 차에서 내리니 매서운 바람에 머리 위 풍력발전기 프로펠러가 윙윙 위협적인 소리를 냈어. 하지만 누나와 함께라 무섭지 않았지.

누나랑 꼭 끌어안고 차 안에서 하룻밤을 보냈어. 그리고 다음 날 눈을 떴는데 이럴 수가, 우리 앞에 새파란 하늘과 눈 쌓인 산등성이들이 펼쳐졌어. 여전히 바람은 차가웠지만 햇빛

이 따스해서 트래킹에 나설 수 있었어. 눈길을 따라 걸으며 산
비탈 중간에 있는 육백마지기의 랜드 마크 모형 성당 안에도
들어가보았지. 이른 아침이라 사람이 없어서 나 혼자 눈밭에
서 신나게 뛰어놀 수 있었어.

　　그랬는데도 어딘가 조금 아쉬워서 청옥산 정상에도 다
녀왔어. 전망데크 앞 임도 갈림길에서 정자가 보이는 오른쪽
오르막길로 올라가면 정상으로 이어지는 등산로가 보일 거야.
이곳에서 정상까지는 단 10분이면 충분하지. 아래에서부터 등
산로를 통해 왔다면 왕복 5시간은 걸렸을 높은 산이지만, 차
를 타고 올라왔기 때문이야.

　청옥산 정상은 사방이 막혀 있어 조금은 답답했어. 그래도 운동 삼아 다녀오기에 딱 좋았던 것 같아. 길이 조금 미끄러웠지만, 나는 시원한 눈밭이 정말 좋아. 다시 차로 돌아와서 집에 갈 채비를 마치고 여름날의 육백마지기를 기약하며 떠났어.

　이! 그리고 육백마지기 바로 옆에는 육십마지기라고 불리는 작은 언덕이 한 군데 더 있어. 이 곳은 '산너미목장 차박 캠핑장' 내에 있는데, 캠핑을 하지 않더라도 육십마지기에서 산책을 즐길 수 있게 개방해놓으셨어. 흑염소를 방목해놓은

육십마지기 언덕을 주변으로 산책로가 형성되어 있는데, 살방살방 걸어서 20~30분이면 언덕 정상까지 올라갈 수 있어. 언덕에 오르면 멋드러진 소나무 한 그루와 쉬어갈 수 있는 평상과 벤치가 맞아준단다. 언덕 정상에서 아래를 내려다보면 바로 오른편으로 아기자기한 캠핑장이 보이고 저 멀리 정선읍이 내려다보여. 이곳에서 사진 찍으면 무조건 견생샷! 평창까지 와서 육백마지기만 보고 돌아가기에는 너무 아쉬우니까 꼭 바로 옆 육십마지기도 들러서 트래킹해봐 친구들.

★

누나의 TMI

산너미목장은 반려견 동반 캠핑장이다. 차박 캠핑장이지만 텐트도 설치할 수 있다.

바람의 언덕

선자령

INFORMATION

장소 강원도 평창군 대관령면 횡계리 14-111 (대관령마을휴게소)

코스
대관령휴게소~양떼목장~재궁골삼거리~선자령~전망대~국사성황사~대관령휴게소

걷는 거리 약 11킬로미터
걷는 시간 약 5시간
난이도 ★★☆☆☆

선자령 트래킹 출발!

안녕 친구들, 이번엔 내가 제일 좋아하는 장소를 소개하려고
해. 바로 강원도 대관령에 있는 선자령이야. 나랑 누나는 일
년에 두세 번 정도 선자령을 방문하는데, 나는 선자령의 사계
절을 다 좋아해. 푸릇푸릇한 잎이 돋아나는 봄에는 언덕을 마
구 내달릴 수 있고, 여름에는 계곡길을 따라 걸으면 정말 시
원해. 가을 선자령의 아침과 저녁은 특별히 아름답고, 겨울에
가득 쌓인 눈을 밟으며 앞으로 나아가면 겨울왕국으로 들어
가는 듯한 기분이 들어. 이렇게 매력적인 곳이 또 있을까?

　　해발 1,157미터 선자령은 강릉시 성산면 보광리와 평창군 도암면 횡계리 상정평 사이에 있는 고갯길이야. 백두대간을 이루는 영동과 영서의 분수계 중 한 곳으로, 동쪽으로는 급경사, 서쪽으로는 완경사를 이루는 경계 지점에 있어. 영서 지방의 대륙 편서풍과 영동 지방의 습기 많은 바닷바람이 부딪쳐서 우리나라에서 눈이 가장 많이 내리는 곳이기도 해. 3월 초까지도 적설량이 1미터가 넘으니 늦게까지 겨울을 느낄 수 있어. 또 대관령면 중에서도 비교적 경사가 완만하기 때문에 눈이 많이 왔을 때도 비교적 힘들지 않게 걸을 수 있는 편이지.

옛 대관령휴게소를 출발점으로 삼고 선자령 계곡길과 능선길을 밟아 원점 회귀하는 코스는 약 11킬로미터로 4시간쯤 걸려. 옛 대관령휴게소를 지나 조금 올라오면 공터 같은 주차장이 있는데, 우리 누나는 항상 여기에 주차를 해.

눈이 많은 곳에 오면 누나는 항상 나한테 옷을 입히고 신발을 신기는데, 정말 귀찮아. 그래도 맨발에 얼음 알갱이들이 달라붙으면 아플 테니까 참아야 해. 누나까지 단단히 방한 준비를 끝마치고 나서 드디어 숲속으로 들어섰어. 원래는 시원한 물이 흘러 여름에는 내가 들어가서 쉬다 가는 계곡이 꽁꽁 얼어붙어 있었어. 숲속은 이따금 스쳐 지나가는 바람 소리 외에는 고요했지. 양떼목장의 양들도 겨울 휴가를 받았는지 없었어. 슬픈 눈으로 울타리 안을 바라보니까 누나가 마구 웃더라고. 나는 정말 아쉬운데.

선자령은 숲마다 다른 냄새가 나. 잣나무, 소나무, 자작

나무, 떡갈나무, 전나무 등 다양한 나무들이 군락을 이루고 있어서 배경이 계속해서 바뀌기 때문에, 몇 시간씩 숲길을 걸어도 전혀 지루하지 않아. 이렇게 다양한 나무들이 자랄 수 있는 것은, 대관령의 완만한 지형과 불투수성 토양 덕분이야. 그 때문에 국내 91개 산림습원들 중에서도 대표 격으로 손꼽히지. 산림습원은 넓은 계곡으로 여러 줄기의 시냇물이 흘러 습지를 연상하게 하는 지형에 다양한 산림 생물이 서식하는 지역을 말하는데, 산림 생태계에서 매우 중요한 역할을 해.

　　양떼목장, 잣나무숲 군락, 소나무숲길을 차례대로 지나면 첫 번째 삼거리가 나와. 오른쪽 길은 국사성황사 방향으로 이어지고 왼쪽이 선자령 가는 길이야. 왼쪽으로 쭉 내려가면 두 번째 삼거리가 나오는데 여기서부터는 계곡길이야. 부지런히 걸어서 풍차가 보이는 세 번째 삼거리까지 왔다면 거의 다 도착한 거야. 엄밀히 말하면 사실 여기는 삼거리가 아니라 사거리지만, 한일목장으로 가는 길은 등산객과 개들이 출입할 수 없게 되어 있어 삼거리나 마찬가지야. 쭉 직진하면 선자령 풍차길로 가는 정석 코스고 오른쪽으로 가면 바로 선자령 언덕으로 가는 지름길이지. 어느 방향으로 가도 상관없지만, 아직 백두대간기념비를 본 적 없는 친구들이라면 정석 코스대로 가는 걸 추천할게.

　　우리는 세 번째 삼거리에서 간식을 먹으며 에너지를 보충하고 지름길을 통해서 바로 언덕으로 갔어. 겨울의 선자령

백두대간기념비 앞에서.

은 '바람의 언덕'이라 불릴 정도로 바람이 엄청나게 많이 불기 때문에 마음의 준비를 단단히 하는 편이 좋아. 우리 누나는 추위를 많이 타서 겨울바람을 싫어하지만, 나는 그래도 바람이 이 정도는 불어야 시원하지 않나 싶어. 바람이 거센 만큼, 거대한 풍차들도 무서운 소리를 내면서 돌아가는데, 고드름이 떨어져 크게 다칠 수도 있으니 절대 풍차 가까이로는 지나가지 마!

　　하산할 때는 능선을 따라 내려오면 돼. 올라온 길과는 다른 방향이야. 중간에 갈림길이 있지만, 가다 보면 다시 만나게 되니까 걱정하지 않아도 돼. 하산하는 방향을 기준으로, 왼쪽은 전망대에 올라갔다 가는 길이고, 오른쪽 길이 짧은 길이야.

　　숲을 지나면 임도가 나와. 그 길을 따라 쭉 내려오다가 산악회 리본들이 잔뜩 묶여 있는 국사성황사를 지나서 다시 숲길로 들어간 뒤 나무 계단을 내려오면 행복한 선자령 트래킹도 막을 내리게 되지.

한국의 갈라파고스

굴업도

 INFORMATION

장소 인천시 중구 항동7가 88 (인천항연안여객터미널입구)

———

코스
항구~마을~큰말해수욕장~개머리언덕 (편도)

———

걷는 거리 약 3킬로미터
걷는 시간 약 2시간
난이도 ★★★☆☆

인천에서 약 90킬로미터 떨어진 곳에 한국의 갈라파고스라고 불리는 섬이 있어. 바로 굴업도야. 섬의 형태가 사람이 엎드려서 일하는 모습 같아서 붙은 이름이라고 해. 해발고도 100미터 이내의 구릉으로 이루어진 지형과 굴곡 심한 해안선이 마치 갈라파고스처럼 멋진 모습을 하고 있어.

굴업도에 가기 위해서는 덕적도라는 섬을 경유해야 하는데, 그만큼 돈과 시간과 노력이 필요해. 하지만 그 모든 것을 감수하고서라도 꼭 한 번 가볼 만한 가치가 있는 섬이야.

굴업도 선착장에 도착하면, 왼편으로는 주민들이 사는 마을과 개머리언덕이 있는 굴업도의 메인 구릉이 있고 오른편으

누나의 TMI

인천에서 덕적도까지
는 쾌속선으로 한 시간
남짓 걸린다. 그러나 덕
적도에서 굴업도로 들
어가는 배는 평일에는
단 한 대, 주말엔 두 대
뿐이기에 미리 예약하
지 않으면 쉽게 갈 수없
다. 배는 '가보고 싶은
섬' 사이트를 통해 예약
할 수 있다. 덕적도에서
굴업도까지 소요 시간
은 홀수 날과 짝수 날이
다르다.
- 홀수 날: 덕적-문갑-
  굴업-백아-울도-지
  도-문갑-덕적 (약 1시
  간 소요)
- 짝수 날: 덕적-문갑-
  지도-울도-백아-굴
  업-문갑-덕적 (약 3시
  간 소요)
짝수 날은 다른 섬들을
많이 거치기 때문에 홀
수 날에 비해 2시간 정
도 더 걸린다. 홀수 날
출발하여 짝수 날 돌아
오는 일정이 좋다.

로는 해안사구가 있는 해수욕장과 연평산이 있어. 우선 말해
두자면, 굴업도는 당일치기로 방문하기 어려워. 평일에는 배
가 한 번밖에 안 뜨니까 당연히 불가능하고, 주말에도 겨우 두
번 배가 뜨는데 배선 시간상 개머리언덕까지 다녀오기도 촉박
하거든. 그래서 캠핑을 하거나 민박에 묵어야 해.

굴업도에 오는 사람들은 대부분 1박 2일 일정으로 개머
리언덕만 방문하고 돌아가는데, 이왕 굴업도를 찾는 김에 2박
3일 정도 넉넉하게 시간을 내어 연평산에서 하룻밤, 개머리언
덕에서 하룻밤 보내봤으면 좋겠어. 아무래도 한 번 오기가 어
려운 만큼, 느긋하게 머물면서 굴업도의 아름다움을 만끽하면
좋으니까.

우리는 덕적도로 가는 아침 9시 10분 배를 타기로 했어.
대기 시간과 인천여객선터미널까지 가는 시간도 고려해야 했
고, 또 출근 시간에 걸리지 않으려면 굉장히 일찍, 부지런히
하루를 시작해야 했지. 그런데 누나가 내비게이션에 '인천여
객기터미널'을 검색하고 가다가 뒤늦게 알아채는 바람에 하마
터면 배 시간에 늦을 뻔했지 뭐야? 우리 누나는 참 덜렁이야.
그나마 듬직한 내가 있으니 다행이지만.

겨우 배에 탄 우리가 갑판 구석 바닥에 앉자마자 배가 출
발했어. 가을인데도 바닷바람이 매우 차가웠기 때문에, 따뜻
하게 입고 오길 참 잘했다 싶었지.

덕적도에서 굴업도로 들어가는 나래호는 정말 조그마한 배였어. 사람들 대부분이 바다와 섬을 구경하기 위해 밖에 앉아서 가기 때문에, 좋은 자리를 차지하려면 빨리 타야 해. 시장처럼 붐비는 배를 타고 굴업도에 도착하면 민박집 사장님들이 트럭을 항구에 대놓고 배에서 내리는 사람들을 기다리고 있어. 항구에서 마을까지는 걸어서 30분 정도 걸리기 때문에 민박집 식당에 간다고 하고 얻어타고 가면 좋아. 사람이 너무 많아서 차에 타기 어렵다면 무거운 가방이라도 실어달라고 하자. 우리는 그러지 못했거든. 다른 짐들은 어찌어찌 들고 간다고 쳐도 내 커다란 케이지가 문제였어. 고민하다 잘 접어서 항구 근처 바위 뒤에 숨겨두었는데, 다음 날 돌아가려고 보니 감쪽같이 사라져버렸어. 나는 케이지가 없으면 배에 탈 수 없어. 그래서 누나가 정말 애태우며 찾아다녔는데, 조금 떨어진 낚시터 암벽 위에서 겨우 찾을 수 있었어. 아무래도 낚시꾼 아저씨들이 의자로 사용했던 모양이야. 케이지는, 식사를 하고 식당에 맡아달라고 부탁드리는 게 좋을 것 같아.

항구에서부터 마을로 가는 지름길인 언덕 하나를 넘어 도로를 따라 걷다 보니 작은 마을이 나왔어. 열 가구 정도 살고 있는 작은 섬이어서 편의시설이나 다른 관광지는 일체 없고, 주민들 대부분이 민박으로 생계를 유지하고 있는 소박한 마을이야. 몇 걸음 걷지 않은 것 같은데 벌써 마을을 통과했어. 우리는 그대로 해변을 가로질러 걸었어.

마을 들어가는 길.

해변이 끝나는 곳에는 뜬금없이 문이 하나 있어. 굴업도의 절경이 펼쳐지는 개머리언덕으로 향하는 문이지. 이곳부터 개머리 능선까지 이어지는 산비탈은 굴업도에서 가장 힘든 코스야. 그늘도 없고. 더위 먹지 않게 조심하자. 10여 분 정도 짧고 굵게(?) 산행을 하면 불쑥 드넓은 초지를 마주하게 돼. 뒤를 돌아보면 우리가 지나온 작은 마을과 큰말해변이 있고, 오른쪽 귀퉁이 토끼섬까지 한눈에 들어오는 장관이지. (토끼섬은 과거 토끼를 길렀던 곳이어서 붙은 이름이래.)

1킬로미터 정도 이어진 능선을 따라 양옆으로는 바다가

굴업도의 해변

펼쳐지고 나무가 없는 초지에는 억새와 수크령이 빽빽이 자라 있어. 수크령 수염 사이로 햇살이 파고들고, 바람이 가볍게 불자 온 섬의 수크령이 흔들리는데 꼭 춤을 추는 것 같았어. 참 아름다웠지.

제주도의 오름 같기도 하고, 나는 가본 적 없는 어느 먼 나라의 화산 지형 같기도 한 능선을 따라 30~40분 정도 걸으니 개머리언덕이 나타났어. 굴업도를 찾는 사람들은 대부분 이곳으로 와. 부지런한 사람들은 이미 와서 텐트를 치고 있었어. 개머리언덕에서는 약 200여 마리의 야생 꽃사슴들이 자유롭게 풀을 뜯으며 뛰어다니는 모습을 볼 수 있어. 녀석들은 사람들도 개의치 않는 듯해. 정말 천국 같은 곳이지? 나도 사슴들과 함께 들판을 마구 달리고 싶었는데, 누나가 사슴들이 겁먹을 것 같다고 말렸어.

적당히 자리를 잡고 보니 어느덧 오후가 되었고, 하늘이 붉게 물들기 시작했어. 누나가 구름이 많아서 오늘은 일몰을 보지 못할 것 같다고 했는데, 우리를 집어삼킬 듯 거대한 빛이 바다까지 불태우며 일렁였어. 이제껏 보았던 그 어느 일몰보다도 더 거대하고 강렬했지. 해가 진 후에는 별을 구경할 준비를 했어. 해가 떨어지고 나면 굴업도는 별들의 천국이 되거든. 육지에서 한참 멀리 떨어진 만큼 공해가 없기 때문에 여느 강원도의 산 못지않게 은하수가 잘 보여.

다음 날, 굴업도에서 떠나기 전에 연평산에 오르려고 부

● & ●●
수평선 너머로 노을 지는 굴업도의 풍경.

누나의 TMI

개머리언덕은 아무래
도 사슴들이 살고 있는
초원 지대이다 보니 진
드기가 어마어마하다.
그리고 그늘이 없어 걷
다가 녹초가 될 수도 있
다. 여름은 물론 봄·가
을도 피하고, 꼭 겨울에
찾자!

지런히 개머리언덕을 내려왔어. 마을에서 아침 겸 점심을 해
치우고 목기미해변을 지나는데, 사구 위를 걷는 것은 생각보
다 힘들었어. 그래도 부드럽게 발을 감싸는 모래의 감촉이 참
따뜻하고 좋았어. 또 아무도 없는 세상에 마치 누나와 나, 둘
만 있는 듯한 기분이었지. 모처럼 느껴보는 그 한가로움과 여
유를 즐기려고, 연평산에 올라 굴업도의 전경을 한눈에 담겠
다는 계획은 과감히 다음으로 미뤄두기로 했어. 대신 해변에
서 수영도 하고 낮잠도 한숨 잔 뒤에 배를 타고 굴업도를 떠났
지. 다음에 다시 올 때는 꼭 2박 3일로 오고 싶다.

1박 2일 섬 여행의 매력

대매물도

🔘 INFORMATION

장소 경상남도 통영시 서호동 316 (통영항여객선터미널), 경상남도 거제시 남부면 저구리 (저구항)

———

코스
당금마을~매물분교~장군봉~대항마을~당금마을

———

걷는 거리 약 5.2킬로미터
걷는 시간 약 3시간 30분
난이도 ★★★☆☆

오늘 소개할 곳은 매물도야. 매물도는 본섬인 대매물도와 소매물도, 등대섬으로 이뤄져 있어. 현지에서는 본섬 대매물도를 편하게 매물도라고 부르기도 해. 하지만 사실 대매물도는 동생 격인 소매물도에 비해 관광객이 적고 명망도 덜한 편이야. 소매물도는 파도의 침식작용으로 형성된 해안 절벽과 해식동굴, 시 아치 등이 곳곳에 발달하여 통영 8경 중 제3경으로 알려져 있거든. 하지만 대매물도도 소매물도에 비해 덜 유명하다 뿐이지, 섬의 크기나 기암괴석, 탐방로 등은 결코 뒤지지 않아. 오히려 수려한 풍경을 바라보며 호젓하게 걷기 여행을 즐기고 싶은 사람들에게는 소매물도보다 더 매력적이야.

대매물도의 5.2킬로미터 해품길, 소매물도의 3.1킬로미터 등대길 등 통영 바다 위 섬들에는 걷기 좋은 길들이 많이 있어. 특히 대매물도의 해품길은 통영의 바다백길 중 5코스에 해당하며, 국내 섬 여행 코스 중에서도 단연 돋보이는 아름다운 경관을 지니고 있어.

그럼 이제 대매물도로 떠나보자. 우선 매물도로 향하는 배는 통영발과 거제발이 있어. 통영에서 거제까지는 차를 타고 한 시간은 더 들어가야 하지만 그만큼 배를 타는 시간도 줄어들지. 뱃멀미가 심하면 거제에서 배를 타는 것을 추천할게. 배는 하루에 통영에서 3번, 거제에서 4번 있어. 첫 배를 타고 아침에 들어가면 마지막 배까지는 8시간 정도의 여유가 있어. 당일치기로도 충분히 다녀올 수 있다는 말이지. 하지만 나는 거의 열 마리 정도의 친구들과 단체로 다녀왔기 때문에 여객선을 타지는 않고, 낚싯배를 따로 구해 타고 들어갔어.

여객선을 탈 때 개들은 꼭 케이지에 들어가 있을 필요는 없고, 바닥에 내려와 있지만 않으면 된다고 해. 개들을 바라보는 사람들의 시선은 인천항에서 굴업도 갈 때보다는 훨씬 부드러운 편이야.

대매물도에는 당금항과 대항, 두 개의 항이 있는데, 캠핑을 하러 왔다면 캠핑장과 가까운 당금항에서 내리는 게 좋아. 해품길은 당금마을과 대항마을 어디서 출발하더라도 길이 연결되어 있고 이정표와 안내판도 곳곳에 잘 정비되어 있어. 항

누나의 TMI
• 통영항-비진도-소매물도-매물도 대항-매물도 당금항 | 한솔호 | 약 1시간 40분 소요
• 거제 저구항-매물도 당금항-매물도 대항-소매물도 | 구경 1, 2, 3호 | 약 40분 소요
• 돌아올 때는 매물도 대항(경유)~소매물도항(경유) | 약 1시간 10분 소요

구 길바닥에 굵직한 파란 선이 그어져 있으니까 잘 따라가기만 하면 돼. 해안길은 한 바퀴 순환하는 코스이기 때문에, 대항마을에서 섬의 최고봉인 장군봉에 올랐다가 매물분교 캠핑장을 지나 당금마을로 하산해도 되고, 반대로 당금마을에서 장군봉에 올랐다가 대항마을로 하산해도 돼.

1박 2일 일정으로 방문한 우리는 캠프 사이트를 잡기 위해 우선 매물분교 캠핑장으로 향했어. 매물분교는 1963년부터 2005년까지 43년간 섬 아이들의 배움의 장이 되어주었지만, 현재는 폐교되어 외지인들이 머물다 가는 장소가 되었어. 교문을 들어서면 잔디가 잘 가꾸어진 넓은 운동장이 펼쳐져. 내가 나무 그늘 아래에서 쉬는 동안 우리 누나가 텐트를 쳤어.

매물분교 캠핑장은 앞서 소개했던 칼봉산 캠핑장처럼 하룻밤에 인당 만 원이고 편의시설은 화장실과 싱크대뿐이야.

운동장 끝단에 서면 눈앞에 확 트인 바다가 펼쳐져. 능선 위에 조성된 학교라 조망이 엄청나. 앞으로는 몽돌해변으로 내려가는 길이 있는데 까마득한 계단이라 두 번은 못 내려갈 것 같아. 분교를 가운데 두고 왼쪽 발전소가 있는 작은 봉우리 정상에는 당금전망대가 있고, 오른쪽으로는 본격적으로 장군봉으로 향하는 탐방길이 있어. 당금전망대는 해품길에 해당하지는 않지만, 한자리에서 일몰과 일출을 모두 감상할 수 있어. 올라가는 길에는 흑염소 친구들이 있었는데, 성격이 어찌나

난폭한지 나를 뿔로 들이받으려고 했어. 다들 조심하자.

　간단한 탐방을 마치고 본격적으로 해품길을 걸었어. 은근히 계속 오르막이라 숨이 차지만, 잠시 멈춰 서서 뒤를 돌아보면 마음을 사로잡는 해안 절경이 펼쳐지지. 홍도전망대에서 능선길을 따라 내려갔다가 장군봉 전망대로 오르는 길은 상당히 가팔라. 해품길의 난이도는 전반적으로 낮은 편이지만, 이렇게 이따금 이어지는 오르막길은 절대 쉽지 않아. 그래도 눈앞에 펼쳐지는 풍경이 무척 아름다워서 계속 걸을 수 있어.

　장군봉 전망대에서 잠시 쉬고, 섬의 뒷길을 따라서 꼬돌개로 넘어가면 대항마을까지는 얼마 남지 않은 거야. 꼬돌개

에서 대항마을로 이어지는 오솔길은 무척 좁고 구불구불한 옛
날 길이야. 우리는 그렇게 섬을 한 바퀴 돌고 캠핑장으로 돌아
왔어. 밤에 자려고 누웠는데 왠지 뿌듯한 게, 이보다 더 좋은
여행이 어디 있겠나 싶더라고. 거기에 어떠한 방해물도 없이
한눈에 들어오는 일몰과 일출까지 만끽하면, 진정한 섬 여행
을 했다고 볼 수 있지. 그러니 꼭 당일치기보다는 1박 2일로 찾
기를 바라.

카누를 타고 자연 속으로

춘천 물레길

 INFORMATION

장소 강원도 춘천시 송암동 644-23 (물레길운영사무국)

코스
스카이 워크까지 다녀오는 초심자를 위한 가장 짧은 길(3.5킬로미터, 약 1시간)이 있고, 유경험자(재방문자)
대상 중급자 코스인 붕어섬 물풀숲길(4킬로미터, 약 1시간 30분), 중도 샛길(5킬로미터, 약 2시간)도 있다.

가격   2인승 기본 카누 30,000원 (1시간 기준)
난이도   ★★☆☆☆

물레길은 카누를 타고 우리나라의 아름다운 호수와 강을 따라 여행할 수 있도록 조성된 길이야. 네발로 둘레길을 걸으며 땅 위를 탐험하는 것처럼, 나무로 만든 카누를 타고 유유자적 노를 저어 물 위를 탐험하는 거지. 춘천은 물이 많아 호반의 도시라고 불리는 만큼 수상 레저 스포츠를 즐길 수 있는 환경도 잘 조성되어 있어. 춘천 의암호는 의암댐을 건설하는 과정에서 생긴 인공 호수지만, 삼악산의 풍치와 잘 조화되어 마치 자연호와 같은 정취를 가졌어. 아름다운 의암호 위에서 자연을 바라보면 색다른 느낌이 든다구. (하지만 꼭 물레길이 아니더라도 홍천, 제천 등 강이나 호수가 있는 곳이라면 어디에서나 카누를 탈 수 있어.)

• 카누란?

옛날 사람들은 강이나 바다에서 교통수단으로 삼기 위해 통나무의 가운데를 파내어 배를 만들었는데, 이것이 카누의 시초가 되었다. 이후 1800년대 중반까지 카누는 탐험과 무역을 위한 운송 수단으로 쓰였지만, 현대에 이르러 레크레이션 및 스포츠 용도로 전환되었다. 현재 미국 북부, 캐나다 및 뉴질랜드 등에서 카누는 인기 있는 대중 스포츠종목이다.

• 카누와 카약은 어떻게 다를까?

카누와 카약의 가장 큰 차이점은 노에 있다. 카누는 외날 노를 사용하고 카약은 양날 노를 사용한다. 배 모양도 다른데, 카누는 덮개가 없지만, 카약은 보통 덮개가 있다.

의암호에 도착하니 호수 너머로 춘천의 명산 중 하나인 삼악산이 펼쳐졌어. 산 능선에 울긋불긋 단풍이 물든 것을 보니, 어느새 다시 가을인 것 같아. 가을은 여름보다 카누를 즐기기 좋은 계절이야. 여름에는 머리 위로 작열하는 햇살이 다시 수면에 반사되어 이중고를 겪게 돼. 카누 안은 좁고 햇살을 피할 그늘도 없기 때문에 더 힘들지.

우리는 미리 카누 투어를 예약해두었어. 그래서 바로 송암 스포츠타운 내에 있는 춘천 물레길운영사무국을 찾았지. 사무국 뒤편에 바로 주차장이 있으니, 이곳에 주차하면 돼. 사무국에서 코스와 카누 타는 법을 안내받고, 안전 교육을 받았어. 카누는 특별한 기술이 필요한 스포츠가 아니기 때문에 누

구나 쉽게 체험할 수 있어. 나는 카누 체험은 이번이 처음이었지만, 바다에서 카약도 많이 타보았고 한강과 호수, 협곡 등에서 서핑도 자주 해보았기 때문에 비교적 능숙하게 탈 수 있었지. 카누는 카약보다 넓고 안정감 있어서 처음 타보는 친구들도 어렵지 않을 것 같아.

　나까지 몸을 싣고 나니, 카누는 본격적으로 물레길을 따라 자연 속으로 조금씩 조금씩 더 가까이 나아가기 시작했어. 모터보트를 타고 시원한 바람을 맞는 것도 좋지만, 카누 가장자리에 턱을 고고 햇살과 바람의 섬세한 결을 만끽하는 것도 행복해. 노를 젓는 누나가 힘들지 않아야 할 텐데.

3

오르는 길

가성비 최고 서울 등산지

아차산

 INFORMATION

장소 서울시 광진구 광장동 5-117 (아차산 생태공원)

코스
아차산공원~팔각정~아차산 정상~용마산 정상~망우산 둘레길~망우리 공동묘지

걷는 거리 약 10킬로미터
걷는 시간 약 4시간
난이도 ★★★☆☆

서울과 구리의 경계를 이루는 아차산(해발 296미터)은 능선의 한쪽으로는 서울, 다른 한쪽으로는 구리와 한강 일대가 내려다보이는 조망을 가지고 있어. 그래서 등산하는 중간중간 볼거리가 아주 많지. 그리 높지 않고 도심 속에 파묻혀 있어도, 존재감만큼은 대단한 산이야. 내가 어릴 때, 본격적으로 등산이나 트래킹을 다니기 전부터 종종 갔던 산이기도 해.

아차산 능선은 고만고만한 높이의 용마산(해발 348미터), 망우산(해발 282미터)까지 이어지는데, 길이 꽤나 매끄럽기 때문에 종주하기에도 좋아. 다른 종주 등산에 비해 쉬운 편이지만, 경치와 역사적 깊이로 따지자면 다른 산들과 견주어도 손색이 없어. 다만 도심 속에 있는 산이라 밤낮을 가리지 않고 등산객들의 발길이 이어질 만큼 인기가 대단해. 그래서 가급적 주말은 피해야 해. 시장 북새통 마냥 사람들이 붐비기 때문이야. 예전에 뭣도 모르고 주말에 아차산을 찾았다가 혼이 쏙 빠질 정도로 정신없는 산행을 했던 것이 기억나.

우리는 아차산공원 주차장에 차를 세우고 산행을 시작했어. 아차산에 오르는 길은 정말 많은데, 초행자들은 아차산공원에서 시작하는 편이 좋아. 이곳에서는 암릉을 타고 오르는 등산로와 일반 흙길 등산로를 선택할 수 있어.

암벽 위에는 팔각정이 하나 있고 숲속 곳곳에 운동기구들도 있어. 바위 위에 멋들어지게 지어진 팔각정에 서면 서울의 경치가 발아래 펼쳐져. 코앞으로 보이는 거대한 롯데타워

★
누나의 TMI
아차산과 용마산은 산세가 작은 편인데도 암릉이 있어서 암릉 산행까지 만끽할 수 있다.

와 굽이굽이 흐르는 한강, 도시의 모습은 이따금 징그럽다 싶을 정도로 빽빽하지만 그래도 정겨워.

여기서 잠시 쉬면서 열기도 식히고 물도 마시고 다시 힘을 내서 계단을 올라가는데 자꾸 등 뒤로 서울이 쫓아오는 것 같은 기분이 들어. 해맞이공원과 아차산 1보루를 지나서 계속 나아갔어. 아차산, 망우산, 용마산 일대에 조성된 보루는 사적 제455호로 지정되어 있어. 언뜻 보면 조금 높은 언덕 정도지만, 앞발로 열심히 흙을 파보면 문화유적들이 나오지 않을까, 하는 즐거운 상상을 이따금 해.

아차산 정상에는 정상석은 따로 없고, 마치 공원처럼 널찍한 길이 조성되어 있어. 오른쪽으로는 한강이 보이지. 아차산 정상에서 내려와 900미터 정도 이동하면 아차산과 용마산의 갈림길이 되는 널찍한 광장이 나와. (지도에는 헬기장으로 표시되어 있어!) 여기서 용마산 정상까지는 왼쪽으로 약 400미터 정도 가면 돼. 우리는 용마산 정상을 찍고 다시 이곳에 돌아왔다가 망우산으로 갈 거야. 많이 붐비는 구간이어서인지 노점들도 즐비해. 아차산과 용마산 곳곳에는 체력단련장들도 많아. 정상부 바로 아래에도 천막을 치고 역기 등 각종 운동기구들을 설치해두어서, 운동하는 아저씨들을 볼 수 있었어.

용마산은 세 산 중 유일하게 정상석을 가지고 있지만, 조망은 아차산이 더 훌륭해. 용마산 정상석 앞에서 기념사진을 찍고 다시 삼거리로 돌아가서 망우산 방향으로 향했어. 아차

★
누나의 TMI

아차산공원에서 팔각정까지는 편도 30분 거리로, 일몰 때 와서 노을을 보고 서울의 야경까지 보고 내려가기 딱 좋다.

293

산에서 망우산으로 가는 능선에는 내려가는 계단이 570개나 있어. 이 계단이 망우산에서 다시 올라올 때는 까마득한 오르막, 깔딱고개가 되지. 그래도 중간중간 쉼터가 있어서 사람 피해 숨 돌리며 갈 수 있어.

깔딱고개를 무사히 내려와 망우산 1보루를 지나고, 다시 호젓한 숲길을 걷다 보면 아스팔트길이 나와. 망우리 공동묘지 둘레길이지. 둘레길 갈림길에서 오른쪽은 오르막과 내리막 편차가 크고, 왼쪽으로 가면 경사 완만한 내리막길이 나와. 이 갈림길 사이 언덕이 망우산 정상인데, 둘레길에서 정상으로

올라가는 샛길은 정말 많아. 하지만 망우산도 아차산처럼 정상석이 따로 없고 정상 데크가 있을 뿐이라서 굳이 추천하지는 않을게.

둘레길을 따라 망우리 공동묘지 주차장까지 오면 종주는 끝이야! 돌아갈 때가 문제인데, 다른 일행들이랑 같이 와서 망우리 공동묘지 주차장이랑 아차산 공원 주차장에 차를 각각 주차해두었다가 차를 타고 되돌아가거나 택시를 타는 방법을 추천해. 물론 조금 더 걷고 싶다면, 걸어서 돌아가는 것도 좋겠지.

북한산 대신, 북한산이 보이는

노고산

INFORMATION

장소 경기도 고양시 덕양구 지축동 203 (흥국사)

코스
흥국사~삼거리 교차로~노고산 정상 (원점 회귀)

걷는 거리 약 5킬로미터
걷는 시간 약 4시간
난이도 ★★★☆☆

우리 같은 털북숭이 친구들은 가족들과 함께 국립공원에 들어갈 수 없어. 그래서 북한산이나 도봉산 등은 우리에게 그림의 떡이나 마찬가지야. 하지만 우리 누나는 나를 위해서라면 언제나 길을 찾아내지. 오늘은 누나 덕분에 북한산의 멋진 암릉 능선을 한눈에 볼 수 있는 산에 가보았어. 바로 경기도 영주와 고양시 효자동 경계에 위치한 노고산(해발 487미터)이야. 북한산·도봉산·사패산을 병풍처럼 두르고 있어, 작지만 멋진 산이지. 이 산줄기를 분수령으로 북으로 곡릉천, 남으로 창릉천이 흐르고, 천년 고찰 흥국사를 품고 있다고 해.

우리는 오늘 백패킹 여행을 할 거야! 잘 따라오라구! 흥국사 넓은 주차장에 차를 세우고 등산을 시작하자. 등산객과 백패커들이 많이 찾는 산이니까 다들 폐가 되지 않게 리드줄을 잘 착용하고 올라가야 해. 초반에는 가파른 오르막이야. 차라리 빨리 깡충깡충 올라가버리는 게 나은데, 누나의 속도에 발맞추어 가야 해서 힘들었어. 하지만 엄청 큰 가방을 메고 끙끙거리며 올라오는 누나를 보니 걱정이 더 많이 되었어.

그래도 삼거리 교차로를 지나고 나면 조금 편안한 능선길이니까, 너무 걱정하지는 마. 이 교차로는 삼막골에서 정상으로 향하는 능선으로, 흥국사와 금바위 저수지에서 올라오는 등산로가 합류하는 곳이야. 교차로에서 조금 더 오르면 오른쪽으로 북한산 사령부가 보인다고 누나가 설명해줬어. 왼쪽으로는 순서대로 인수봉·백운대·만경대·원효봉·노적봉이 보여. 여기서 사진을 찍어야 한다고 누나가 나한테 간식도 없이 앉으라고 성화를 부리지 뭐야? 튕겨볼까 하다가 그냥 순순히 따라주기로 했어. 능선을 따라 걷다 보면 작은 헬기장이 나오는데 여기서부터 노고산 정상까지는 약 1.3킬로미터, 그러니깐 절반 정도 남은 거야.

정상에 도착하니 시원한 바람이 불어오고 하늘이 노을빛으로 물들고 있었어. 무거운 가방을 내려놓고 사진 찍느라 바쁜 누나를 그대로 두고, 나도 나만의 탐색 시간을 가졌지. 푹신한 풀밭에 누워 풀들의 감촉을 느껴보기도 하고, 누가 다

녀갔는지 냄새도 맡아보면서 말이야. 평일 저녁이라 주말이나
금요일 밤이면 항상 붐빈다는 산을 독차지하게 되었어. 정상
석 뒤로 보이는 북한산의 능선은 내가 봐도 멋있었지. 왼쪽으
로는 마치 눈이 내린 듯 새하얀 인수봉·백운대·만경대·원효봉·
노적봉 등의 상장능선이, 오른쪽으로는 의상능선과 비봉능선
이 이어진 모습이 정말 한 폭의 그림 같았어. 아 그나저나 저
녁은 언제 먹지? 나는 너무 배고픈데 누나는 내 마음도 모르
고 사진 찍는 데 열중이야.

저녁을 먹고 나니 하늘이 새까매져 있었어. 누나와 나 단둘밖에 없는, 조용하고 아늑한 밤이야. 하늘이 맑아 밤하늘에 별이 잘 보이고 밤공기도 상쾌해서 오늘은 오래도록 텐트 밖에 누워 있고 싶었어. 누나가 감기 걸린다고 들어오라고 했지만 오늘은 왠지 밖에서 자고 싶은걸. 다들 그런 날이 있었을 거라고 생각해.

깜빡 잠들었나 싶었는데 어느새 아침인가 봐. 평소 게으름뱅이인 우리 누나는 산에만 오면 엄청 부지런해져. "장군아, 일어나 봐! 해 뜬다!" 성화를 해대서 일어나보니 북한산 너머로 동이 터 오고 있었지. 왠지 가슴이 벅차오르는 기분이 들었어.

등산계의 종합선물세트

원적산

⊙ INFORMATION

장소 경기도 이천시 백사면 송말리 436 (영원사)

———

코스
영원사~원적봉~천덕봉~원적봉~영원사

———

걷는 거리   약 6.5킬로미터
걷는 시간   약 3시간 30분
난이도   ★★★★☆

이천에는 정말 유명한 산이 하나 있어. 해발 634미터 이천시에서 가장 높은 원적산이야. 고려 말 공민왕이 난을 피해 이곳에 머물렀다는 설이 있어서 무적산(無寂山)이라고도 한대. 동으로는 여주시, 서로는 광주시와 경계를 이루며 길게 이어져 있는 원적산은 서울과 가까우면서도 멋진 능선을 가지고 있어서, 언제 와도 멋진 산행을 선사해주지. 누나와 나도 매년 가을마다 적어도 한 번은 꼭 찾고 있어.

　하지만 신둔면 장동리 쪽에는 군사훈련장이 있어서 입산이 제한되고 있지. 어느 한적한 평일 오후, 원적봉에서 천덕봉으로 가고 있는데 군인 형들이 와서 한 시간 후부터 사격훈련을 한다며 하산하라고 했어. 그래서 내려가는데, 얼마쯤 지났을까, 등 뒤에서 진짜로 총소리가 들렸지. 아, 그렇지만 위험한 곳은 아니니까 너무 걱정하지 마. 또 군사훈련장이 있는 왼편 장동리 쪽 경사면에는 울타리를 쳐서 등산로와 구분해두었어.

원적산 등산의 대표적인 출발 지점 두 곳은 영원사와 동원대학교인데, 나는 항상 영원사로만 다녔어. 원적봉(해발 564미터)과 천덕봉(해발 634미터) 두 봉우리 사이에 1킬로미터 정도의 오르막 능선이 있는데 아무래도 천덕봉이 원적봉보다 더 높다 보니 심리적으로 원적봉, 천덕봉 순으로 오를 수 있는 영원사 길이 편하더라고. 영원사는 638년 신라 선덕여왕 때 창건한 퍽 역사 깊은 사찰이야. 안에 연못이 있는데 예전에 물을 좋아하던 친구가 철없이 그 연못에 뛰어들어 경악한 적이 있지.

좁은 시골 마을길을 지나고 산길을 따라 올라오면 주차장이 하나 있는데 거기에 주차하지 말고 영원사 앞까지 올라와 넓은 주차장을 이용하는 게 산행하기에 더 편리해. 주차장 옆에는 공용화장실도 있으니, 필요한 가족들은 이용하도록 하자.

영원사 오른편으로 난 등산로로 올라갔어. 계곡 골짜기를 따라 0.57킬로미터 정도의 깔딱고개를 올라가야 해. 가파른 비탈길을 지그재그로 가르는 등산로는 이번 등산에서 제일 숨 가쁜 코스야. 삼거리에 있는 벤치에서 물 한 바가지 들이키고 숨을 좀 고른 뒤 다시 오르막을 올랐어. 원적봉까지 가는

억새가 빛나는 가을날의 원적산.

길은 오르막과 내리막의 연속이야. 게다가 대부분 흙길이어서 건조한 날에는 엄청 미끄럽고 먼지도 폴폴 나. 내가 앞서가니까 뒤쪽에 모래바람이 일어난다고 누나가 툴툴거렸어. 그래도 내가 먼지를 뒤집어쓰는 것보다는 낫다며 묵묵히 뒤를 지켜주었어.

주 능선길을 오르다 보면 헬기장과 작은 터들을 많이 지나치게 돼. 나무 계단으로 된 마지막 오르막을 오르고 나면 정상이야. 원적봉 정상에서 천덕봉으로 이어지는 능선과 천덕봉에서 다시 내려다보이는 능선의 모습. 사방팔방 조망이 거침없는 원적산은 정말 매력적인 산행지야. 하지만 조망이 좋다는 건 곧 해를 가려줄 나무들이 없다는 뜻이기도 해. 그러니 여름에는 절대 금물이야. 억새밭이 노을에 빛나는 가을 오후에 오면 원적산의 진면목을 만날 수 있어.

원적산은 일몰과 일출은 물론, 밤에 보이는 이천 시내 야경과 별의 모습까지 하나같이 예술이야. 운이 좋으면 운해까지 볼 수 있으니, 그야말로 종합선물세트 같은 곳이지.

남해 부럽지 않은 경치

혈구산

⊙ **INFORMATION**

장소 인천시 강화군 강화읍 국화리 (고비고개 혈구산등산로입구)

코스
고비고개~혈구산~고비고개

걷는 거리 약 4킬로미터
걷는 시간 약 2시간
난이도 ★★★☆☆

야호!

강화도 혈구산(해발 466미터)은 높이에 비해 산세가 힘차며 험준한 산이야. 골짜기도 많아서, 예전에는 절이 매우 많았다고 해. 고비고개를 중심으로 남북으로 고려산(해발 436미터)과 이어져 있고, 퇴모산을 끼고 있어. 혈구산은 섬의 중앙에 있기 때문에, 정상에 서면 전망이 매우 좋아. 동쪽으로 강화 시내와 강화대교, 문수산성, 남쪽으로 마니산 주 능선, 서쪽으로 내가저수지와 외포리·석모도·교동도 등, 북쪽으로는 강화도 북쪽의 여러 산들이 보이지. 진달래가 많은 산이어서 매년 4월이면 진달래축제도 열려. 하지만 진달래로는 인근의 고려산이 훨씬 유명

하기 때문에 비교적 사람의 발길이 적은 곳이야.

고려산과 혈구산을 이어주는 고비고개에서 등산을 시작했어. 고개 위에 차를 세 대 정도 댈 수 있는 공간이 있어. 혈구산으로 올라가는 등산로는 고려산과 혈구산을 이어주는 구름다리 왼편에 있어. 정상까지는 능선 오르막을 따라 한눈팔지 않고 올라가면 돼.

진달래를 기대하고 왔는데 너무 일렀던 탓인지 만개한 꽃송이들은 보지 못했어. 조금 억울한 기분이 들었지만, 정상에 도착하니 그래도 혈구산에 오길 참 잘했다는 생각이 들었어. 마치 저 먼 남해의 경치를 보고 있는 듯한 아름다움을 느낄 수 있었거든. 반듯한 들판과 바다, 바다 위의 섬들까지. 360도로 탁 트인 뷰에 시간 가는 줄 모르고 바라보게 되더라. 그래서 유난히 정상에 오래 머물다 가게 되었어.

지금은 혈구산에 임도 트래킹 코스가 조성되었어. 다음에 찾을 때는 가파른 등산로 말고 임도를 통해 혈구산을 산책할 거야.

누나의 TMI

혈구산의 숲길과 임도를 활용해 조성되는 트래킹 코스는 고려산과 혈구산을 가르는 고비고개 구름다리에서 시작해 혈구산의 기존 임도와 신설 임도를 지나 외포리 입구까지 이어지는 7킬로미터 구간의 코스다. 2~3시간 동안 완만한 능선을 따라 산림욕을 만끽할 수 있다.

멋진 능선길을 걷자

명성산

 INFORMATION

장소 경기도 포천시 영북면 산정리 191-1 (산정호수 유원지)

코스
상동주차장~비선폭포~팔각정~삼각봉~정상~신안고개~신안고개 입구~상동주차장
입장료 2,000원

걷는 거리 약 12킬로미터
걷는 시간 약 6시간
난이도 ★★★★☆

해발 922미터 명성산은 강원도 철원군과 경기도 포천시의 경계에 있는 산이야. 산자락에는 산정호수를 끼고 있고 정상 부근에는 6만 평의 억새밭이 어우러져 정선 민둥산과 함께 전국 5대 억새군락지로 손꼽히는 곳이지.

하지만 내가 생각하는 명성산 산행의 포인트는 등산 내내 계속되는 폭포 경관과 주 능선길이야. 산정호수 유원지 광장에서 제일 가까운 폭포골 입구에서 시작되는 3킬로미터 남짓한 계곡에는 비선폭포·등룡폭포·이정폭포 등이 연이어 나오고, 협곡은 양쪽에 군데군데 슬랩이 발달해 있어. 하지만 바위로 되어 있는 주 능선길은 나무 한 그루 없는 뙤약볕이어서 늦가을에서 이른 봄에 찾는 걸 추천할게.

명성산 유원지에 돈을 내고(소형차 기준 일일 이천 원) 들어와서 처음 나오는 주차장에 주차하고 등산을 시작하자. 이정표가 굉장히 친절하고 길도 잘 정비되어 있어서, 등산로만 따라 걸으면 돼. 등산로는 부드러운 흙길과 너덜길이 골고루 섞여 있고 경사도 완만하기 때문에 초심자가 오르기 좋아.

등산로에 들어서면 제일 먼저 반겨주는 건 비선폭포야. 커다란 기암절벽에서 흘러내리는 폭포를 보니 참을 수가 없었어. 결국 비취색 물속에 뛰어들고 말았지. 옛날부터 포천은 화산활동이 활발했던 곳이라 물에 석회질이 다량 포함되어 있기 때문에 마시는 건 금물이야. 누나가 던져주는 나뭇가지를 잡으며 시원하게 물놀이를 잠깐 즐기고 나서, 다시 폭포 옆으로

누나의 TMI

매년 10월 중순이면 명성산 억새꽃 축제가 열리기 때문에, 그 시기에는 방문을 피하는 게 낫다.

누나의 TMI

슬랩은 평평하고 매끄러운, 넓은 바위를 말한다.

정비된 철제 계단을 올라갔어.

등산로와 억새밭이 섞인 등산로를 올라가다 보니 '명성
산억새바람길'이라는 표지판이 나타났어. 파란 하늘 아래 억
새들이 살랑살랑 손 흔들며 반겨주고 있었지. 몇 해 전 데크
공사를 마친 억새동산은 예전보다 훨씬 걷기 편해져서 정말
좋았어. 그늘 없는 계단을 오르다 보니 폭포에서 젖은 털도 금
세 말랐지.

정상에는 팔각정과 빨간 우체통이 하나 있어. 이 빨간 우
체통에 편지를 넣으면 일 년 후에 배달된다고 해. 나도 글을

누나랑 책을 준비하면서 동생 연두까지 데리고 다시 명성산을 찾았어. 가을 명성산도 정말 멋지지?

쓸 수 있다면 누나 몰래 누나에게 편지를 쓰고 싶어. 누나가
깜짝 놀라며 기뻐할 것 같은데 말이야.

　　이곳에는 정상석이 있는데, 사실 여기는 진짜 정상이 아
니야. 진짜 정상에 가려면 언덕 위 주 능선을 따라 걸어야 하
지. 시간이나 체력이 부족하면 우체통이 있는 정상까지만 가
도 되지만, 앞서도 말했듯 명성산의 진정한 비경은 바로 이 능
선길이라고 생각해. 산줄기 위에 마치 머리 가르마처럼 난 주
능선길에 서면 장쾌한 산맥들이 넘실거리는 풍경이 더할 나위
없이 시원하고, 넓게 펼쳐진 철원평야까지 내려다보이지. 녹

누나의 TMI

산정호수 유원지는 산
정호수 둘레길(3.2킬로
미터)을 걷고 산정호수
에서 오리배를 타면서
관광하기에도 좋은 곳
이다.

음 사이에서 푸른 보석처럼 반짝이는 산정호수의 모습도 볼
수 있어.

초반과 주봉 직전은 암릉길이어서 주의가 필요하지만,
그 외에는 대체로 평탄해. 삼각봉을 지나면 진짜 명성산 정상
이야. 내려갈 때는 왔던 길을 되돌아가도 되지만, 이왕이면 종
주를 하고 싶어서 신안고개 쪽으로 가기로 했어. 계곡에 발을
담그고 열기를 식히며 나아가다 보면 차도로 나오게 돼. 이 길
을 걸어 산정호수로 돌아오면 완벽한 원점 회귀 산행이야. (다
행히 이 길은 자동차가 많이 다니는 길은 아니야) 길을 따라 내려오
다 산정호수와 만나면 산정호수 둘레길을 따라 주차장으로 돌
아오면 돼. 한 3.5킬로미터 정도 걸어야 하는 것 같아.

하늘과 바다 사이 여덟 봉우리

서산 팔봉산

⊙ **INFORMATION**

장소 충청남도 서산시 팔봉면 양길리 820 (양길주차장)

코스
양길주차장~1·2·3·4·5·6·7·8봉~어성 임도~양길주차장

걷는 거리 약 6.5킬로미터
걷는 시간 약 4시간
난이도 ★★★★☆

충남 서산시 팔봉면에 있는 팔봉산은 해발 362미터로 높이는
낮지만, 산과 바다가 어우러진 경치와 태안 지역의 가로림만
일대가 한눈에 내려다보이는 절경이어서 많은 사람들에게 사
랑받는 산이야. 그 이름은 여덟 개의 암봉이 줄지어 서 있다는
데서 유래했어. 팔봉산은 아기자기하고 작은 암릉이 매력적
이야. 등산 초보자가 암릉을 경험해보기에 안성맞춤이지만,
계단을 오르고 로프를 타며 온몸을 써야 해. 마음의 준비를 해
두자.

　　산행은 보통 양길리 주차장에서 시작해서, 1봉과 2봉 사
이 갈림길에서 1봉에 올랐다가 순차적으로 8봉까지 나아가는

계단길.

코스야. 하산할 때는 8봉에서 사태사를 지나 어송리 주차장으로 내려와서 어성 임도를 따라 양길리 주차장으로 돌아오거나, 중간에 4봉에서 어성 임도로 내려가도 돼.

양길리 주차장은 서산 아라메길 4코스 출발점이기도 해. 그래서 평소 등산객이 많기 때문에 주차시설이 넓고 화장실도 있어. 본격적으로 오르기 시작하면 처음엔 이곳이 정말 암릉산이 맞나, 하는 생각이 들어. 소나무들로 둘러싸인 완만한 산책로 같은 등산로를 가벼운 발걸음으로 오르기 때문이야.

너덜바위들이 계단을 이루고 있는 오르막까지 오르면

갈림길에 서게 돼. 왼쪽의 1봉에 먼저 다녀온 뒤, 다시 이 갈림길로 돌아와 오른쪽으로 쭉 진행하면 돼. 1봉은 해발 210미터밖에 안 되지만, 암릉이라 접근이 쉽지 않아. 사람들을 보니 몸을 구겨가면서 바위틈 사이로 겨우 들어가고 있었어. 그러니 나는 어땠겠어? 누나가 도와주지 않았다면 결코 올라갈 수 없었을 거야. 어렵게 올라왔는데, 우람한 암릉에 비해 정상석은 너무도 앙증맞아서 네발을 모두 디디고 설 만한 공간이 없었어. 인증사진을 찍기가 어렵더라고. 그래도 바다까지 시원하게 펼쳐진 풍경은 나쁘지 않았지.

2봉 올라가는 길에는 고맙게도 계단들이 많이 설치되어 있어. 평소 같으면 계단은 질색이지만 이런 암릉산에서 계단은 얼마나 고마운 존재인지 몰라. 계단을 오르며 가지각색 특이한 모양을 하고 있는 바위들과 탁 트인 풍경을 조망하다 보면 2봉(해발 270미터)이 나와. 구름 한 점 없이 맑은 하늘이 산행을 더욱 아름답게 해주었어.

3봉으로 가는 길에서는 부드러운 능선과 암벽, 계단이 여러 차례 이어지다가 큰 고비가 한 번 와. 바로 용굴이야. 팔봉의 수호신 용이 살았다는 전설을 가지고 있는 용굴은 배불뚝이가 배낭을 메고 지나기 어려울 정도로 좁은 구멍이야. 게다가 바위틈 위를 비집고 올라와야 해서 사실 나는 자신이 없었어. 다행히 계단으로 돌아갈 수 있는 우회길이 있어서, 너른 암릉 위에 올라올 수 있었지. 하지만 팔봉산의 정상 봉우리인

정상의 환희 (with 연두)

3봉(해발 361미터)은 그곳에서도 제일 높이 솟아오른 암벽으로, 매우 가파른 계단을 올라가야 해. 그래도 씩씩하게 암벽에 올라 정상석 옆에서 기념사진을 찍었어. 그리고 다시 계단을 타고 바위를 내려왔지. 계단이 무척 가파른 편이라 꼬꾸라지지 않게 조심해야 해.

산행 경험이 적거나 겁이 많은 친구들이라면 3봉에 올라가지 않는 게 좋을 것 같아. 그래도 올라가고 싶다면, 1봉과 2봉 갈림길에서 왼편인 운암사지 쪽으로 우회해 2봉을 거치지

않고 3봉으로 바로 향하는 길을 추천할게. 2봉을 지나 3봉으로 가는 길은 험하기 때문이야. 사실 우회해 가는 길도 바위와 계단이 이어져 쉽지 않지만, 어떻게든 갈 수는 있을 거야. 또 3봉 가는 길 끝에서 만나는 마지막 가파른 계단은 불가피하겠지만, 2봉에서 바로 오는 것보다는 비교적 수월할 거라고 생각해. 해발 330미터 4봉, 해발 290미터 5봉, 해발 300미터 6봉, 해발 295미터 7봉, 해발 319미터 8봉까지 다녀온 뒤, 어성 임도(양길주차장) 이정표를 따라 편안한 임도를 걸어오면 팔봉산을 완주한 거야!

서 해 의 등 대

오서산

 INFORMATION

장소 충청남도 홍성군 장곡면 광성리 (쉰질바위-광성주차장)

코스
쉰질바위~정상 데크(오서정)~구정상석~쉰질바위

걷는 거리 약 5.4킬로미터
걷는 시간 약 3시간
난이도 ★★★☆☆

서해의 최고봉 오서산(해발 790미터)은 '서해의 등대산'이라는 별명을 가지고 있어. 예로부터 천수만 일대를 항해하는 배들에게 나침반 역할을 해주었기 때문이야. 오서산에 오르면 푸른 서해와 해안 평야가 드넓게 펼쳐지는데, 강원도의 산과는 무척 다른 느낌이야.

오서산은 억새로도 유명해. 가을에 오면 정상을 중심으로 약 2킬로미터의 주 능선이 온통 억새밭이 되는데, 그게 또 장관이거든. 일몰과 일출을 모두 볼 수 있는 곳이기도 해. 수채화 물감을 칠한 듯 노을빛에 물들어가는 서해의 망망대해와

오서산의 노을.

섬들, 아름답게 빛나며 넘실대는 억새들까지. 오서산은 꼭 한 번 올라볼 만한 곳이야.

서해에서 가장 높은 산인 만큼 오서산은 등산 코스도 정말 다양해. 성연주차장, 상담주차장, 광성주차장, 명대주차장(오서산 자연휴양림) 코스 등 동서남북 어디서나 오를 수 있어. 바위길과 가파른 계단을 통해 올라가는 등산로도 있지만, 오늘 나는 친구들을 위해 최단 코스이자 편한 코스를 소개하려고 해.

누나의 TMI

광성주차장까지는 내 비게이션으로 '쉰질바위'를 검색하고 가면 된다. 네이버 지도는 끝까지 안내해주지 않기 때문에 다음 지도를 사용하는 것이 좋다. 또, 올라가는 임도는 은근히 가파르고 험해서 멀미가 날 수도 있으니 주의해야 한다.

　　광성주차장에서 임도를 따라 차를 타고 내원사까지 올라갈 수 있어. 임도 곳곳에 정상으로 바로 가는 등산로가 나 있지만, 30~40분가량 바닥만 보고 가야 하는 가파른 길이기 때문에 제법 힘들어. 내원사 끝까지 와서 쉰질-4코스를 통해 1.5킬로미터 정도 올라가면 엄청 편하게 정상에 갈 수 있어!

　　오서산에는 신정상석(정상 데크, 과거 오서정이 있던 자리)과 구정상석, 두 개의 정상석이 있어. 이 둘 사이의 능선길이 오서산 등산의 하이라이트라고 볼 수 있지. 삼거리에서 보다 가까운 신정상석 데크에서 잠시 쉬며 간식을 먹고 반대편 구정상석으로 향했어. 둘 사이의 거리는 약 1.2킬로미터, 왕복 2.4킬로미터야. 억새밭에 감싸여 오르락내리락하며 걷는 길은 서쪽으로는 바다가, 동쪽으로는 홍성과 청양 일대의 들판이 펼쳐져서 눈까지 즐거워져. 다들 행복한 산행하길 바라.

내가 이 맛에 등산하지!

진악산

 INFORMATION

장소 충청남도 금산군 금산읍 양지리 221-28 (수리넘어재)

코스
수리넘어재(진악산광장)~윗어동굴 갈림길~전망봉~진악산 정상 (원점 회귀)

걷는 거리   약 4.5킬로미터
걷는 시간   약 2시간
난이도   ★★★☆☆

오늘 소개할 산은 진악산(해발 732미터)이야. 충남에서 서대산과 계룡산, 오서산에 이어 네 번째로 높은 산이야. 옛 정취가 물씬 풍기는 보석사·영천암·원효암 등의 고찰을 품고 있고, 무성한 숲과 영천암, 원효암 골짜기의 개울도 좋은 곳이지. 금산 사람들 사이에서는 금산의 수호산으로 여겨진대.

　　과거 진악산에는 나라의 위기를 알리는 봉화대가 있어서, 금산의 역사 속에서 크고 작은 싸움을 여러 차례 지켜보았다고 해. 지금은 봉화대는 없고 봉화대가 있던 자리에 조그만 돌무더기와 멋진 소나무 한 그루가 있을 뿐이지만 말이야. 또

진악산은 험준한 지형 덕분에 임진왜란 때 의병 근거지로도 이용됐다고 해.

금산 읍내에서 가까운 명산임에도 불구하고 의외로 사람들에게 알려지지 않아 한적하게 등산하기 좋은 곳이야. 더욱이 정상은 사방이 막힘 없이 탁 트여 있어 일출과 일몰을 볼 수 있는 매우 좋은 비박 장소이기도 해.

진악산은 정상과 주 능선을 에워싼 아기자기한 기암절벽의 경관이 아름답고, 금산 쪽으로 깎아지른 낭떠러지는 장엄하지. 하지만 우리는 낭떠러지 같은 암벽 코스 대신 편안하게 오르는 능선길을 택했어. 진악산은 보석사, 수리고개 광장, 원효암, 선공암, 개삼터공원으로 오르는 산행로들을 갖고 있

누나의 TMI

등산 용어 들머리는 '들어가는 맨 첫머리'라는 뜻으로 등산로 입구. 날머리는 들머리의 반대말로 등산로 출구라는 의미로 쓰인다.

는데, 그중 원효암에서 오르는 구간은 가파른 암릉을 올라야 해서 좀 힘들어 보였어. 그래서 우리는 수리넘어재, 곧 진악산 광장을 들머리와 날머리로 삼았어. 들머리에서 정상까지 특별히 힘든 구간 없이 능선을 따라 쭉 올라가기에 확실히 그리 어렵지 않은 산행 코스야.

30여 분 동안 호젓한 흙길을 오르면 사방으로 조망이 트이는 암릉길 능선에 도착해. 남쪽으로 운장산이 희미하게 보이고, 남동쪽으로는 덕유산 능선이 손짓하지. 서쪽으로는 대둔산의 바위 암봉이, 북쪽으로는 많은 봉우리들을 거느린 충남의 최고봉 서대산이 보여. 진악산은 겉으로는 육산처럼 보이지만 조금만 오르면 바위 능선으로 이어지는 전형적인 악산이야. 정상까지 오르는 동안 아기자기한 암릉을 걷는 재미와 사방으로 확 트인 조망이 가슴속까지 시원하게 만들어주는 듯해.

정상에 도착하면 헬기장으로 조성된 아담한 공터에 산불감시초소가 있고, 그 옆에 자연석을 세워 만든 정상석이 있어. 누나는 '진악산'이라는 글씨가 금방이라도 지워질 것처럼 흐릿하게 적힌 정상석 옆에서 인증사진을 찍었지. 참을성 있게 기다린 끝에 겨우 가방에서 해방된 나는 헬기장 잔디밭에 마구마구 뒹굴며 행복감을 만끽했어. 음~ 역시 이 맛이지! 파노라마처럼 펼쳐지는 금남정맥 등의 명산들과 밤이 되면 별처럼 반짝이는 금산 시내, 그리고 일출과 일몰이라니 정말 좋잖아?

충남의 작은 금강산

용봉산

⊙ INFORMATION

장소 충청남도 홍성군 홍북읍 상하리 104-57 (용봉산 자연휴양림)

———

코스
용봉산 자연휴양림~최영 장군 활터~용봉산 정상~노적봉~악귀봉~노적봉~용봉산 자연휴양림

———

걷는 거리   약 3.5킬로미터
걷는 시간   약 2시간 30분
난이도   ★★★☆☆

오늘 소개할 곳은 충청남도 홍성군의 너른 평야 지역에 우뚝 솟아오른 동글동글한 용봉산(해발 381미터)이야. 용봉산은 멀리서는 나무가 듬성듬성 자란 듯한 게, 한눈에 봐도 다른 산들과는 다른 우스운 모습을 하고 있어. 하지만 그 속으로 들어서면 바위와 소나무가 멋스럽게 어우러진 것을 볼 수 있지.

　용봉산은 바위가 빼어나 곳곳에 다양한 암봉들이 있는데, 이 암봉들이 한데 어우러져 동양화 같은 아름다움을 선사해. (또 가까이서 보면 제각기 모습을 뽐내는데, 그것도 개성 만점이야.) 이런 아름다움 때문에 용봉산은 '충남의 작은 금강산'이라 불리며 충청남도 홍성 제1경으로 꼽혀. 100대 명산 중 38위에 올라 있기도 하지. 높이가 낮아서 나들이 코스처럼 가벼운 마음으로 올 수 있기에, 특정 계절에 치우치지 않고 사계절 내내 두루 인기 있는 편이야. 누나와 나도 한겨울에 방문했지만, 바위산이라 그런가 다른 계절의 모습과 비교해도 큰 차이를 느낄 수 없었어.

용봉산 등산은 크게 네 군데에서 시작할 수 있는데 우리는 용봉산 자연휴양림에서 출발했어. 대부분의 휴양림은 내가 들어갈 수 없는 곳이기 때문에, 우리가 휴양림에서 등산을 시작하는 건 이번이 처음인 것 같아. 휴양림 매표소 바로 아래에 주차하고 인당 천 원씩 입장료를 내고 들어가면 돼. 강아지들은 입장료가 없어! 휴양림 내에서도 등산로 입구가 몇 갈래로 갈라지지만 우리는 최영 장군 활터를 지나는 등산로에서 출발할 거야.

고작 0.7킬로미터 정도만 올라가면 능선부에 닿을 정도로, 용봉산은 참 작은 산이야. 그래도 바위산이라는 명성에 걸맞게 큼직큼직한 바위들을 올라가야 해. 얼마 올라오지도 않았는데 벌써부터 멋진 풍경들이 눈에 들어오네. 용봉산에게 '작은 금강산'이라는 별명을 안겨준 아름다운 산세가 오르는 내내 펼쳐져 있지.

최영 장군 활터에 도착하면 작은 정자가 있는데, 여기서부터 능선까지는 바로 코앞이야. 우리는 능선에 도착하면 우

선 제일 가까운 정상이 있는 왼편에 갔다가, 다시 왔던 길을
지나쳐 노적봉, 악귀봉까지 모두 클리어할 거야. 악귀봉은 용
봉산 정상보다는 고도가 낮지만 최고의 뷰 포인트로 꼽히고,
악귀봉에서부터 노적봉으로 향하는 능선은 용봉산 산행의 하
이라이트라고 할 수 있어. 용봉산의 노적봉과 악귀봉을 지나
면 암석들은 많이 줄어들고 완만한 수암산으로 이어지는데 용
봉산에서 수암산으로 향하는 구간에 병풍바위가 있어. 병풍바
위는 용봉산 산행에서 인기 있는 코스지만 가는 길이 좁고 가
파른 계단이 이어지는 터라 우리들에게는 무리일 거라고 생각

해. 우리도 악귀봉까지만 갔다가 되돌아왔어.

　　노적봉에서 정상 방향으로 조금 내려오면 삼거리가 나와. 이곳에서 휴양림 방향으로 하산했어. 이렇게 세 봉우리를 모두 둘러보고 각각의 구간에서 여유롭게 풍경을 즐기고 왔음에도 시간은 얼마 걸리지 않았지. 너희들도 '작은 월출산' '충청의 금강' 등 다른 유명한 산들에 빗댄 별칭들이 유독 많은 용봉산에서 산행하고 나면 용봉산이 가진 매력에 흠뻑 빠지게 될지도 몰라.

달이 머물다 가는 곳

월류봉

◎ **INFORMATION**

장소 충청북도 영동군 황간면 원촌리 (월류봉 광장)

코스
월류봉광장~사슴농원~1·2·3·4·5봉~1봉~에넥스공장~월류봉광장

걷는 거리 약 8킬로미터
걷는 시간 약 4시간
난이도 ★★★☆☆

오늘 소개할 곳은 한천8경 중 하나인 월류봉이야. 충북 영동군 황간면 원촌리에 자리한 해발 401미터 봉우리야. 달이 머물다 가는 봉우리라는 뜻이라는데, 이름이 참 예쁘지? 달이 능선을 따라 마치 물 흐르듯 기운다고 붙은 이름이래. 꼭대기에는 월류정이라는 예쁜 정자가 있고, 아래로는 금강 상류의 한 줄기가 굽이쳐 흐르면서 한 폭의 수묵화 같은 아름다움을 뽐내는 곳이야.

월류봉은 1봉부터 5봉까지 총 다섯 개의 봉우리가 있고, 그중 가장 높은 4봉이 해발 401미터 정도야. 그렇게 높은 산은 아니지만 오르막이 매우 가파르고 미끄러운 편이니 주의해야 해. 월류봉을 마주 보고 왼편과 오른편에 징검다리가 하나씩 있는데, 왼쪽으로 가면 1봉, 오른쪽으로 가면 5봉으로 가는 등산로가 시작돼. 하지만 우리는 이 등산로들을 이용하지 않고 그나마 완만하게 오를 수 있는 사슴농장 입구와 에넥스공장 앞 등산로를 이용했어.

우선 월류봉광장 주차장에 주차하고 오른쪽 둘레길을 이용해 사슴농장 등산로 입구

까지 걸어가야 해. 등산로에는 미사토가 날려서 조금 걷기 힘들어. 그나마 봉우리들 간의 거리는 굉장히 짧은 편이라 다행이지만, 봉우리가 날카로워서 급격하게 내려갔다가 다시 올라가는 식이야. 스틱이 있는 가족들은 스틱을 적극적으로 활용하면 좋을 것 같아!

1봉에는 전망대가 있어. 이곳에서 흐르는 강물을 휘감아 두른 백화산맥을 내려다보면 꼭 작은 한반도를 보는 것 같아. 이곳에서 보는 일출도 기대 이상이니 하룻밤 묵거나, 일출 산행을 해서 해맞이를 하는 것도 좋을 듯해.

1봉 전망대에서 간식을 먹고 잠시 쉬었다가 에넥스공장 방면으로 향했어. 월류봉으로 곧장 하산하면 끝없이 이어진 계단에 멘탈과 무릎이 함께 나갈 수 있어. 에넥스공장 방면으로 편안하게 하산해서 도로를 따라 2킬로미터 정도 걸어오면 월류봉광장 주차장이야. (이 방향으로는 따로 둘레길이 없어. 길을 잃지 않게 주의해야 해.)

월류봉에는 앞서 소개한 등산 코스 외에 계곡을 따라 걷는 둘레길도 있어. 사실 월류봉 주차장에서 시작한다는 점을 빼고는 월류봉과는 크게 관계 없어 보이지만 아무래도 월류봉이 유명하다 보니 이름을 가져다 사용한 것 같아. 등산이 부담스러운 친구들은 월류봉 아래 징검다리를 건너서 백사장에서 놀다가 이 둘레길을 걷는 것도 좋은 방법이야. 둘레길은 1코스 여울소리길(2.6킬로미터), 2코스 산새소리길(3.2킬로미터), 3코스

● & ●●
정말 작은 한반도 같지?

풍경소리길(2.5킬로미터) 총 8.3킬로미터로, 월류봉광장에서 반야사까지 연결되어 있어. 잘 정비된 데크길과 시골 마을길을 따라 걷다가 산길을 통과하고 징검다리를 건너는, 다양하게 걷는 재미가 있는 길이야. 거기다 근사한 월류봉의 풍경까지! 우리 함께 오기 좋은 관광지로 추천하는 곳이야.

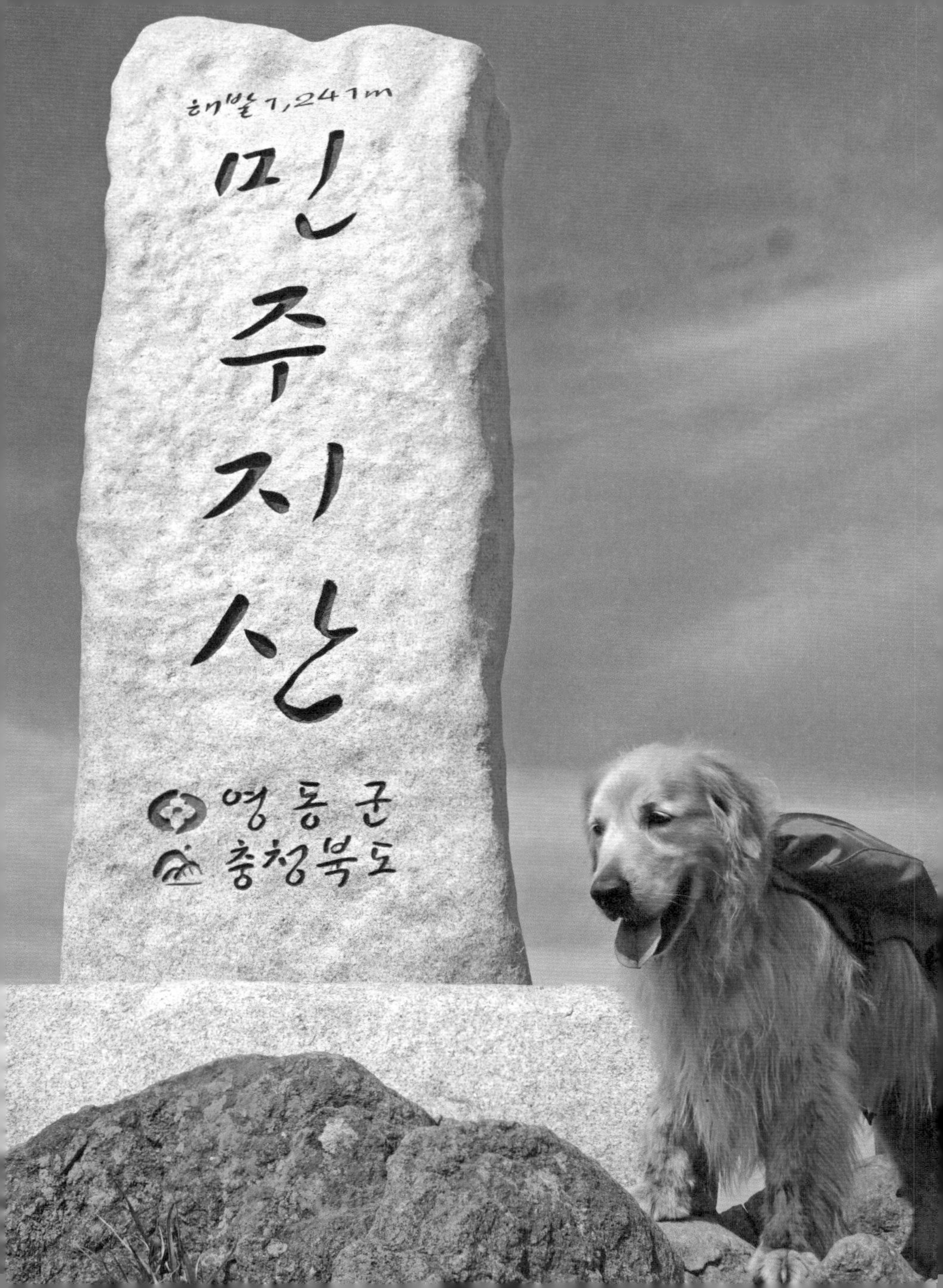
해발1,241m
민주지산
영동군
충청북도

세 개 도를 아우르는 스케일

민주지산

📍 **INFORMATION**

장소 충청북도 영동군 상촌면 물한리 1197 (물한계곡)

코스
물한계곡 주차장~황룡사~잣나무숲 삼거리(제1삼거리)~삼도봉~석기봉~정상~물한계곡 주차장

걷는 거리 약 16킬로미터
걷는 시간 약 8시간
난이도 ★★★★☆

해발 1,242미터 민주지산은 소백산맥의 일부야. 북쪽으로는 국내 최대 원시림 계곡인 물한계곡과 각호산(해발 1,176미터)이, 남동쪽으로는 석기봉(해발 1,200미터)과 삼도봉(해발 1,176미터)이, 경상북도 쪽으로는 직지사가 이어지는 등 해발 1000미터가 넘는 봉우리를 네 개나 품고 있어. 그리하여 충청북도 영동군과 경상북도 김천시, 전라북도 무주군 등 무려 세 개 지역에 걸쳐 있는, 그야말로 스케일이 장난 아닌 산이지.

김천 물소리생태숲에서 시작해 푯대봉, 삼도봉, 석기봉을 지나 민주지산 정상에 가면 네 개 봉우리를 모두 걸을 수 있지만, 푯대봉으로 가는 길은 밧줄을 잡고 가파른 암벽을 올라가야 하는 구간이 있어. 그래서 삼도봉, 석기봉, 민주지산만 돌아보았어. 민주지산 정상으로 가는 최단 코스는 민주지산 자연휴양림에서 올라가는 거지만, 물한계곡 코스도 매우 유명해. 물을 많이 마시는 우리들에게 계곡을 끼고 걷는 길은 더할 나위 없이 최적의 코스여서 두말할 것도 없이 물한계곡 코스를 선택했어.

물한계곡은 이끼 낀 계곡과 빽빽한 잣나

무숲이 마치 휴양림에 온 듯한 인상을 줘. 수질 보호를 위해 계곡 초입에는 철조망이 쳐져 있지만, 위쪽으로 올라가면 계곡을 건너는 구간들이 나와. 계곡이 빗물에 불어날 경우를 대비해 계곡 위로 나무 다리를 설치해두는 등 잘 정비된 등산로였어.

계속 이렇게 평탄한 길이면 언제 정상에 도착하나 싶어질 때쯤 잣나무숲 삼거리가 나와. 오른쪽은 정상, 왼쪽은 삼도봉으로 가는 길이야. 우리는 먼저 삼도봉에 올라 하룻밤 지내고 석기봉, 정상 순서로 찍고 하산할 예정이지. 왼쪽 삼도봉으로 향하는 길을 따라 타박타박 걷는데, 갈림길이 한두 번 더 나타났어. 계속해서 왼쪽으로 오르면 삼도봉이야. 지금에 와서 생각해보면 삼도봉 가는 길은 민주지산에서 하산할 때보다 훨씬 걷기 좋은 등산로였던 것 같아. 무거운 등짐을 메고도 그렇게 힘들지 않았거든.

삼도봉에 도착했을 때는 노을이 뉘엿뉘엿 넘어가고 있었어. 삼도봉에는 넓은 데크와 헬기장이 있어. 데크 위에는 세 용이 구를 떠받들고 있는 모양의 대화합기념탑이 있는데, 삼도봉이 충청도와 경상도, 전라도가 만나는 곳이기 때문에 세워진 거야. 탑을 한 바퀴 돌면 순식간에 세 개 도의 땅을 다 밟는 셈이라고 볼 수 있어.

이곳에서 하룻밤 머물며 일몰과 일출을 모두 보고, 다음 날 아침 해가 대지를 덮히기 전에 머문 곳을 정리한 뒤 석기봉

으로 향했어. 석기봉은 암벽 위에 있어서 멋진 사진을 찍을 수 있는 곳이야. 석기봉에서 민주지산 정상까지는 3킬로미터 정도로 제법 멀지만, 흙길을 따라 편안히 걸을 수 있는 능선이어서 여유 있게 걸으면 돼. 간혹 오르막과 내리막이 있지만, 이 정도야 뭐 식은 개껌 씹기지.

마침내 해발 1,242미터 민주지산 정상에 섰어. 커다란 정상석이 우리를 반겨주었지. 정상에서 잠시 시간을 보내다가,

하산하는 길.

올라왔던 곳으로 100미터 정도 내려가면 나오는 쪽새골 삼거
리에서 물한계곡 방향으로 하산했어. 내려가는 길은 돌이 촘
촘히 박힌 돌계단이라서 소요 시간은 올라올 때와 비슷했어.
친구들도 한 번쯤 방문해봐!

호수를 감싸안은 산

오봉산

 INFORMATION

장소 전라북도 완주군 구이면 백여리 75 (오봉산정)

———

코스
소모마을~1·2·3·4봉~국사봉~오봉산(5봉, 정상)~수지골~소모마을

———

걷는 거리 약 8.5킬로미터
걷는 시간 약 5시간
난이도 ★★★★☆

호남지맥이 흐르는 오봉산은 전라북도의 대표 내륙호인 옥정호를 조망할 수 있는 산이야. 정상에서 보면 오봉산과 국사봉이 양팔을 벌려 호수를 감싸 안은 듯한 모습인데, 그 풍광이 예사롭지 않게 아름답지. 특히 사계절 다른 모습으로 변신하는 옥정호 붕어섬의 풍치는 사진작가들 사이에서 최고의 촬영 포인트로 통한다니, 정말 비범한 풍경인 건 확실해. 호수를 바로 앞에 끼고 있어서 아침마다 물안개도 곧잘 피어오르지. 아침 햇살을 받아 아지랑이처럼 피어오르는 물안개는 고작 해발 513미터의 산임에도 마치 백두산 천지에 와 있는 듯한 착각을 불러일으킬 정도로 멋있어. 옥정호의 풍광을 더 가까이 느낄 수 있도록 호수 주변에 물안개길(13킬로미터)이 조성되어 있지만, 오늘 소개할 코스는 호남지맥을 걷는 등산로야.

오봉산은 여름에 방문할 때는 소모마을에서 수지골을 통해 계곡을 따라 올라오는 길을 이용하고, 눈 쌓인 겨울에는 국사봉 전망대 주차장 방향에서 능선길을 따라 올라오는 게 좋아. 눈이 가득 쌓였을 때는 일반 등산로보다 데크로 정비된 길을 이용하는 게 훨씬 체력 소모가 적거든. 우리는 소모마을에서 제1봉 방향으로 올라와서 2봉, 3봉, 4봉, 능선길(호남지맥)과 국사봉 순으로 갔다가, 정상인 5봉에서 수지골 방향으로 하산하기로 했어.

내비게이션에 '오봉산정'을 검색하고 소모마을 안으로 들어오면 돼. 소모마을 안으로 들어오면, 오봉산정으로 건너

누나의 TMI

등산 코스가 얼마나 길고 가파르냐는 산행의 난이도를 결정하는 중요 요소지만, 탐방객이 많은 산인지 아닌지도 못지않게 중요하다. 탐방객이 많은 산은 사람이 밟고 다닌 걸음으로 길이 다져져서 길을 헤맬 일이 드물지만, 탐방객이 적은 산은 길이 좁고 풀도 우거져 있다. 특히 계곡 골짜기에서는 핸드폰이 잘 터지지 않기 때문에 길을 잃어서 당황하게 될 가능성이 높다. 산행할 곳의 지도를 미리 다운받고 GPS를 이용하여 안전하게 산행하자.

가는 다리 위에 오봉산 정상 이정표가 있지만 무시하고 좀 더 들어가보자. 아무래도 등산객이 많은 산은 아니어서, 여름에 오면 숲이 우거져서 걷기 힘들 수도 있어. 이정표는 잘되어 있는 편이지만, 거리 표시가 엉터리야. 그래서 등산객이 많지 않은 산을 찾을 때는 미리 지도를 다운받아 가는 게 좋아.

들어가다 보면 양 갈래 길이 나와. 좌측은 1봉(해발 425미터)으로 가는 길이고, 우측은 오봉산 정상으로 바로 가는 길이지만 2봉, 3봉도 경유할 수 있는 갈림길이 나와. 수지골 계곡으로 가려면 바로 우측으로 가야 하지만 우리는 1봉부터 차례

대로 걷기로 했어.

　1봉 정상은 금방 오를 수 있지만, 무덤만 있고 휑해. 2봉 (해발 485미터)까지의 거리는 1.1킬로미터 정도야. 중간에 밧줄을 잡고 올라야 하는 암릉 구간도 있는 본격적인 등산로지. 하지만 2봉부터 4봉까지는 편한 능선길이야.

　4봉에서 5봉과 국사봉으로 갈라지는 갈림길이 나와. 국사봉 가는 길은 내리막과 가파른 계단이 꽤나 길게 이어져 있어. 정상(5봉)에 갔다가 다시 이 길로 내려와야 하기 때문에 체력적으로 힘들면 굳이 국사봉까지 가지 않고 바로 5봉으로 가도 괜찮아. 국사봉에서 보는 경치보다 5봉에서 보는 경치가

※
누나의 TMI
밧줄로 계곡을 가로질
러 묶어둔 표시는 계곡
을 건너라는 뜻이니 밧
줄을 따라 걸으면 된다.

훨씬 뛰어나거든. 5봉으로 가는 길목에서부터 멋진 바위와 옥
정호 경치를 볼 수 있다구. 지금까지의 고생을 모두 잊게 해주
는 멋진 뷰야. 옥정호의 외딴섬 붕어섬에는 실제로 사람이 살
고 있는 집이 있대.

산 정상 데크에서 간식을 먹고 수지골 쪽으로 하산하기
시작했어. 정상석과 마주 보고 있는 쪽 내리막길로 내려가다
삼거리에서 다시 오른쪽 수지골 계곡으로 내려가면 돼. 계곡
내 험한 길은 데크가 깔려 있어서 생각보다 걷기 좋았고, 폭포
가 콸콸 흐르는 수지골은 수량도 풍부해서 여름철에도 시원하
게 산행할 수 있을 것 같아.

억새밭에서의 근사한 하룻밤

방장산

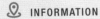

INFORMATION

장소 전라북도 고창군 고창읍 석정리 산39-2 (양고살재 주차장)

코스
양고살재~벽오봉~억새봉(패러글라이딩 활공장, 2.4킬로미터)~방장산 정상(4.7킬로미터)~양고살재

걷는 거리 약 9.4킬로미터
걷는 시간 약 4시간 30분
난이도 ★★★★☆

오늘은 전라북도 고창에 소재한 방장산(해발 734미터)에 갔어. 방장산 휴양림에서부터 억새봉까지는 2킬로미터, 정상까지는 4킬로미터여서 비교적 쉽게 다녀올 수 있어. 하지만 휴양림은 어김없이 개 출입금지여서 우리는 양고살재에서 등산을 시작했어.

방장산 휴양림을 지나 꼬불꼬불한 길을 오르면 등산로와 건너편 주차장이 나타나. 오늘도 백패킹을 할 거라 누나랑 한 짐 가득 메고 출발했지. 들머리에 들어섰는데, 헉 이럴 수가! 바로 가파른 오르막길이었어. 누나에게 항의하고 싶은 마음이 굴뚝같았지만, 묵묵히 오르기로 했어. 친구들은 미리 마

음 단단히 먹고 아래에서 충분히 몸을 풀고 출발하도록 해.

바닥만 보고 한참 오르다 보니 어느새 경사가 완만해지며 오르기가 한결 수월해졌어. 들머리에서부터 1킬로미터, 약 30분 정도 진행하고 나면 조망이 조금 트인 갈미봉이 나와. 편안한 숲길도 걷고 바위도 오르고 하다 보면, 산악자전거 MTB를 타는 임도와 만나게 돼. 임도로 가는 게 더 편하겠지만, 아쉽게도 자전거 전용 도로야. 그래서 우리는 계속 도로 건너 등산로로 진행했어. 등산로 옆으로도 MTB를 탈 수 있는 코스가 있어. 우리가 열심히 산을 올라가고 있을 때, 자전거를 탄 아저씨들은 자기 차례를 기다리다가 한 명씩 쏭 하고 내려가더라고.

    오늘 우리의 백패킹지는 벽오봉(해발 640미터)이야. 정상에 올라 능선길을 따라 조금 더 걸어가 보면, 산 정상에 어떻게 이런 잔디밭이 있을 수 있나 싶을 정도로 넓은 언덕이 나와. 여기가 바로 방장산 억새봉이자 패러글라이딩 활공장이야. 푸른 잔디밭과 억새 무리가 있고, 그 아래로 장성의 도시와 농촌의 모습이 펼쳐져. 우리는 이곳에 짐을 풀고 텐트를 설치했어. 먼저 와서 기다리고 있던 친구들을 만나 인사를 나누고 철푸덕 잔디밭에 대자로 엎드렸지. 누나도 땀에 흠뻑 젖은 옷을 갈아입고 내 옆에 나란히 누웠어.

누나의 TMI

억새봉에서 방장산으로 가는 등산로는 휴양림에서 올라온 등산객들로 인해 붐비기 때문에 이른 시간에 방문하는 게 좋다. 또 억새봉에서 즐기는 뷰가 훨씬 좋기 때문에 굳이 방장산 정상까지 가지 않고 억새봉을 반환점으로 삼아도 괜찮다.

언제나 설레는 백패킹 다음 날 아침, 하늘이 보랏빛으로 물들고 멋진 일출이 하늘을 장식했어. 신나는 마음에 친구들과 함께 들판을 뛰어다니며 놀다가, 다시 달콤한 아침잠에 빠져들었어. 하지만 곧 일어나야 해. 이번 산행의 진짜 목표는 방장산이니까. 하룻밤 안식처가 되어주었던 텐트를 정리하여 억새봉에 그대로 놓아두고 방장산 정상으로 향했어. 억새봉에서 방장산까지는 2.5킬로미터를 더 가야 하지만 그중 1킬로미터 정도는 편안한 숲속 산책길이야. 하지만 커다란 송신탑을 지나고 나서부터 다시 가파른 오르막이 시작돼. 좁은 바위 구간들을 지나다 보면 나무 데크로 되어 있는 전망대가 나오는데, 조금만 힘내! 여기서 정말 조금만 더 가면 정상이니까!

언제나 산행할 때면 정상석을 은근히 기대하게 되는데, 방장산의 정상석은 다른 산들의 멋진 정상석과는 달리 썩어가는 작은 나무토막을 하나 세워둔 게 다야. 조금 아쉬웠지만, 그래도 정상에 섰다는 뿌듯함이 더 컸어! 정상에서 다시 억새봉으로 되돌아와 가방을 챙기고 양고살재에 돌아오는 것으로 오늘의 산행을 끝냈어.

설악산 대신, 설악산이 보이는

북설악 성인대

⦿ INFORMATION

장소 강원도 고성군 토성면 신평리 산136-11 (금강산화암사)

___

코스
제2주차장~화암사~신선대~성인대~수바위~제2주차장

___

걷는 거리   약 4.5킬로미터
걷는 시간   약 2시간
난이도   ★★★☆☆

강원도 고성의 북설악 성인대(해발 643미터)는 설악산 울산바위(해발 780미터)를 마주 보고 있는 큰 바위 형태의 봉우리야. 미시령 도로를 사이에 두고 남쪽의 큰 바위가 설악산 울산바위고, 북쪽의 큰 바위가 바로 오늘의 목적지인 북설악 성인대야. 성인대는 울산바위만큼 크지는 않지만 바위가 굉장히 넓고 평평해서, 울산바위의 장대한 풍경과 속초 앞바다를 한눈에 담을 수 있는 멋진 조망처로 유명한 곳이야. 성인대 아래에는 769년(신라 혜공왕 5년)에 지어진 천년 고찰 화암사가 있는데, 이 화암사와 성인대부터 금강산이 시작된다고 해서, 금강산 화암사, 금강산 성인대라고 부르기도 해.

북설악 성인대에 오르기 전 우선 화암사 제2주차장에 주차를 하자. 주차비가 시간당 삼천 원씩이나 한다고 누나가 투덜댔지. 주차비를 내고 싶지 않으면 제1주차장에 주차하고 1.5킬로미터 정도 걸어오는 방법도 있으니 참고해.

성인대는 올라갈 때와 내려갈 때 다른 코스를 선택할 수 있어. 우리는 오를 때는 화암사 뒤쪽 등산로인 화암사 산림치유의 길을 이용하고, 하산할 때는 수바위를 지나 매점 앞으로 내려오는 코스를 선택했지. 화암사 산림치유의 길 초입에는 작지만 깨끗한 화암골 계곡이 흘러! 누나가 본격적인 등산을 시작하기 전 계곡에서 등목을 시켜주었어. 더위를 많이 타는 친구들은 여기서 열을 식히고 등산을 시작하면 한결 좋을 거야.

꾸준한 오르막을 오르고 나면 마치 자연휴양림같이 소

나무들이 반겨주는 기분 좋은 산길이 나와. 길이도 짧아서 신
선대 삼거리에 30분 만에 도착했어. 천상의 신선들이 내려와
놀았다는 신선대는 삼거리 바로 앞이야. 신선대를 등지고 우
측으로 가면 우리가 올라왔던 자연치유의 길이고, 왼쪽은 수
바위 가는 길이지. 오늘의 목적지인 성인대로 가려면 직진해
야 해.

　약간의 수풀을 지나면 바람에 누워 있는 외로운 소나무
한 그루와 넓고 평평한 바위가 나타나. 여기서도 울산바위가
보이지만, 길을 따라 끝까지 오면 사진 찍기 좋은 포인트가 있

어. 거기까지 걸어가는 구간은 작년에 다녀온 미국을 떠올리게 했어. "장군아, 여기 엄청 이국적이다"라고 말을 걸어오는 것을 보니 누나도 나랑 같은 생각을 했나 봐.

왼쪽으로는 푸른 바다와 속초 시내가, 오른쪽으로는 웅장한 울산바위가 보여. 예전에도 누나랑 형이랑 성인대에서 백패킹을 한 적이 있어. 친구들아, 낮에 보는 울산바위도 멋지지만 아침에 떠오르는 태양빛에 물든 울산바위는 정말 말로 형용할 수 없을 정도로 아름답다는 사실을 알고 있니? 마치 타임머신을 타고 수만 년 전으로 돌아간 듯한 기분이었고, 당장이라도 울산바위 너머로 익룡이 날아오를 것 같아서 계속 지켜봤지. 하지만 아쉽게도 공룡을 본 세계 첫 번째 개가 되는 영광은 누리지 못했어. 사담이 길어졌네. 아무튼 성인대는 아침에는 멋진 일출을, 밤에는 속초 시내 야경과 은하수를 볼 수 있어서 당일치기로 오기에는 정말 아쉬운 곳이야.

잠시 옛날 생각에 빠져 있는데 아니나 다를까, 사고뭉치 우리 누나가 그새 낙타바위 위에 기어 올라가고 있네. "컹컹!" 내가 위험하다고 아무리 소리쳐도 듣지를 않아. 아이고, 내가 누나 때문에 제 명에 못 살겠어. 항상 조심해야지! 우리 누나는 나 없으면 안 된다니깐 정말.

우리는 다시 신선대 삼거리로 돌아와서 수바위 쪽으로 하산했어. 이쪽에는 가파른 바위 구간이 있으니까, 자신 없는 댕댕이들은 산림치유의 길로 돌아가는 걸 추천해. 제2주차장

도대체 저긴 또 어떻게 올라간 거야?

으로 돌아왔을 때는 출발한 지 3시간이 훌쩍 넘어 있었어. 원래 올라갈 때랑 내려올 때 도합 2시간도 안 걸리는데, 성인대에서 쉬면서 놀다 와서 그런가 봐.

　그럼 이만 안녕, 친구들. 성인대에서 보는 설악산 풍광도 정말 멋지지만 언젠가는 우리도 국립공원에 갈 수 있었으면 좋겠어.

이끼 계곡이 아름다운

가리왕산

⊙ INFORMATION

장소 강원도 정선군 북평면 숙암리 (장구목이골)

———

코스
장구목이~임도~삼거리~정상~장구목이장

———

걷는 거리 약 8.4킬로미터
걷는 시간 약 6시간
난이도   ★★★★☆

친구들아, 안녕? 오늘은 한 가지 질문과 함께 시작해보려 해. 국내에서 우리가 갈 수 있는 산들 중 가장 높은 산은 어디일까? 바로 남한에서 10위 안에 드는 고산 준봉 가리왕산(해발 1,562미터)이야. 태백산맥의 중앙부를 이루며 강원도 정선에 솟아 있는, 크고 당당한 덩치가 매력적인 산이지. 특히 정상에서 감상하는 일망무제의 조망이 탁월해, 대한민국 백 대 명산으로 손꼽히는 곳이기도 해.

　하지만 규모에 비해 산행 코스는 비교적 단순해. 보통 가

가리왕산 정상석.

리왕산 자연휴양림을 기점으로 산행하는 등산객들이 많은데, 휴양림은 역시나 개 출입 금지야. 그래서 장구목이 코스를 선택했지. 장구목이 등산로는 정상으로 가는 최단 코스지만 제일 험한 코스기도 해. 하지만 가리왕산은 어느 곳을 기점으로 하든 처음부터 끝까지 가파른 오르막을 2시간 이상 꾸준히 올라야 주 능선에 닿을 수 있어, 지구력과 인내심이 필요한 산이야. 한 가지 위안이 되는 이야기를 해주자면, 가리왕산은 전형적인 육산이라 우리들이 오르기에도 문제 없다는 거야.

　　장구목이 코스에는 주차장이 따로 없고, 갓길에 차를 대여섯 대 정도 댈 수 있는 공간이 있어. 도로 옆임에도 등산로에 들어서면 바로 숲이 우거져. 또 계곡의 냉기로 인해 공기까지 달라지는 게 느껴지지. 계곡에는 이끼가 가득했는데, 이제껏 내가 보았던 계곡과는 다른, 독특하고 이국적인 아름다움을 느낄 수 있었어. 하지만 무척 미끄럽기 때문에 계곡 가까이 내려갈 때는 각별히 조심해야 해.

　　비교적 평이한 등산로를 따라 2.6킬로미터 정도 오르다 보면 장구목이 임도가 나타나. 여기서부터는 휴대폰 전파도 간간이 잡힐 뿐이야. 정상까지 1.6킬로미터 정도 남은 거야. 하지만 고도상으로는 절반 지점이라 이제껏 왔던 길보다 남은 길의 경사가 훨씬 가파르지. 임도와 등산로가 교차하는 지점에서 잠시 숨을 돌리고 다시 발걸음을 재촉했어. 초반에는 돌들이 촘촘히 박힌 돌계단을 패기 좋게 성큼성큼 오르다가, 막판에는 나는 누구고 여기는 어디인지 분간이 되지 않을 정도로 힘들어서 그만 가고 싶었지. 등만 돌리면 의자가 될 것 같은 오르막이었어. 하지만 결국 정상 능선에 도달했어. 이곳에서 정상까지는 200미터만 더 가면 돼!

넓은 공터 같은 정상에 오르면 누나 키보다, 아니 형 키보다 더 높은 돌무지가 있고, 육중한 산에 비해 상대적으로 아기자기한 정상석이 반겨주지. 가리왕산의 밤은 쏟아지는 별로 가득하고 아침이면 산줄기를 타고 흐르는 운해도 곧잘 볼 수 있어. 기회가 된다면 하룻밤 묵어가는 것도 좋아.

하산할 때는 왔던 길로 내려가면 되는데 경사 급한 돌길이라 시간이 꽤 걸려. 게다가 바위에까지 이끼가 끼어 있어서 여간 미끄러운 게 아니야. 조심조심 발을 디뎌야 해. 다 내려온 뒤에도 방심하지 말고 냉수 계곡에 발을 담그고 뭉친 근육을 풀고 열기도 식히며 마사지를 해주자.

해발 1000미터도 한걸음에

기룡산

◉ **INFORMATION**

장소 강원도 인제군 인제읍 상동리 342-1 (충혼탑 앞 공영주차장)

코스
충혼탑~전망대~활공장~백련정사 앞 삼거리~충혼탑

걷는 거리 약 8킬로미터
걷는 시간 약 2시간 30분
난이도 ★★☆☆☆

강원도 인제군 인제읍의 든든한 뒷배가 되어주고 있는 기룡산(해발 1,015미터)은 활공장으로 유명한 곳이야. 자리에서 일어난 용을 닮았다고 붙은 이름이래. 무려 해발 1,000미터가 넘는 높은 산이지만 절대 힘들지 않아. 내가 쉽고 즐거운 코스를 설명해줄게.

트래킹 출발지는 충혼탑 앞이야. 마을에 접한 산이다 보니 올라갈 수 있는 샛길이 다양하지만, 임도를 통해 내려오려면 충혼탑 앞 등산로에서 시작해야 해.

충혼탑 앞 무료 주차장에 주차한 뒤 집들 사이로 난 도로를 따라 조금 올라가다가 모퉁이를 돌면 등산로와 도로가 나뉘어. 내려올 때는 도로를 따라올 거지만 우선은 오른쪽 등산로로 향하자. 등산로는 소나무와 잣나무 들이 빽빽하게 서 있

고, 바닥은 솔잎이 가득 깔려 푹신푹신하니 기분이 좋아. 오르
막길도 완만하고. 등산을 시작한 지 불과 30여 분만에 전망대
에 도착하는데, 인제 읍내와 소양강이 훤히 내려다보여.

　　전망대에서 잠시 쉬다가 다시 20분 정도 더 올라가면 산
한가운데 어쩌다 이런 공간이 생겼나 싶은 탁 트인 풍경이 맞
이해주지. 잔디가 깔린 구릉을 오르고 나면 깎은 듯이 평평하
고 넓은 잔디밭이 나와. 잔디밭 뒤로는 임도길이 이어지고. 오
늘의 목적지는 바로 이곳 활공장이야. 이곳에서 바라보는 푸
른 언덕과 앞과 옆으로 보이는 산세는 마치 작은 알프스에 온
듯 아름다워. 심지어 앞에 소양강이 흐르는 덕에 운해를 볼 수
있는 확률도 높다구! 이른 아침에 오면 일출과 함께 운해로 가
득한 인제읍을 볼 수 있을지도 몰라.

이렇게 아름다운 경치 덕분에 기룡산 활공장은 순식간에 차박 명소로 떠올랐어. SNS에서 유명세를 타기 시작한 지 불과 몇 달 만에 도떼기시장처럼 차들이 붐비게 되었지. 그 결과 잔디는 자동차 바퀴에 짓눌려 죽고 흙먼지가 풀풀 날리게 되었어. 결국 활공장 진입로에 차단기를 설치해 차박 방문객들의 접근을 제한했지. 그제야 잔디밭의 잔디들도 다시 돌아올 수 있었어. 이런 사정으로 이제 더 이상 차박을 할 수는 없지만, 기룡산 활공장은 여전히 돗자리나 캠핑 의자를 들고 와 간단하게 피크닉을 즐기기에 정말 좋은 곳이야.

내려갈 때는 시간이 부족한 친구들은 왔던 등산로로 내려가도 되지만 짧은 산행이 아쉬운 친구들이라면 뒤로 이어진 임도를 걸으면 돼. 임도를 따라 내려와도 충혼탑 앞 주차장에 도착하지. 빙빙 한참을 돌아가야 하지만, 더 많이 걷고 싶은 에너지 넘치는 친구들에게는 도리어 반가운 코스일 거야. 임도는 숲이 우거진 흙길이어서 간간이 산책하는 아줌마 아저씨들이 보이지만, 퍽 여유롭게 걸을 수 있어. 백련정사 앞 삼거리를 지나고 나서부터는 콘크리트로 포장된 살짝 가파른 도로를 걸어야 해. 하지만 오른쪽에 계곡을 끼고 걷기 때문에 더우면 우거진 물가 숲에 앉아 열기를 식히고 물놀이도 즐길 수 있어. 두말하면 입 아플 최고의 산책로야.

서로에게 집중할 수 있는 곳
고대산

 INFORMATION

장소 경기도 연천군 신서면 대광리 산25-1 (고대산 자연휴양림)

———

코스
고대산 주차장~고대봉~정상~주차장 (1코스)

———

걷는 거리 약 5.5킬로미터
걷는 시간 약 3시간 30분
난이도 ★★★★☆

경원선 철도와 휴전선이 만나는 곳에 해발 832미터 고대산이 우뚝 솟아 있어. 등산이 허용된 산 중 민통선에서 제일 가까운 최북단의 산이야. '높은 별자리'라는 뜻으로 고태산이라고도 불렸다고 해. 경기도 최북단인 연천군 신서면과 강원도 철원군 사이에 있는 정상에서는 한국전쟁 격전지였던 백마고지와 철원평야, 그 너머 북한까지 조망할 수 있어. 특히 고대산 북쪽과 서쪽 일대에는 그보다 높은 산이 없어서 정상에서 노을을 볼 수 있는 것으로도 유명해. 듣기만 해도 얼마나 근사한 광경일지 상상이 가지? 앞에서 소개한 소이산이 순한 맛이었다면, 고대산은 철원평야와 평강고원을 제대로 내려다볼 수 있는 매운맛 버전이야.

　　고대산을 오르는 등산로는 총 세 개인데, 모두 고대산 자연휴양림에서 출발해. 1코스는 큰골과 문바위를 거쳐 정상으로 이어지고, 2코스는 말등바위와 칼바위를 따라, 3코스는 표범폭포를 지나 정상으로 연결돼. 일반 등산객에게 가장 인기 있는 산길은 경치가 화려한 2코스고, 그다음이 3코스야. 우리는 1코스를 이용했어. 2코스 칼바위 구간은 풍경이 좋은 만큼 조금 위험하고, 마침 눈이 온 뒤라 빙판길이었거든. 1코스는 상대적으로 길이도 짧고 험하지 않은 편이지만, 그렇다고 마냥 편하기만 한 길도 아니어서 그리 재미없는 곳은 아니야.

　　정상을 500미터 남기고 주 능선에 오르면 고대정이 나

와. 고대정에서 정상까지 향하는 능선은 좌우로 탁 트여서 좋았어. 눈이 하얗게 쌓인 산들의 물결이 시야로 밀려들어와 눈을 시원하게 해주는 듯해.

정상에는 헬기장 데크가 넓게 깔려 있어. 텐트 10동을 치고도 남을 만큼 넓은 곳이어서 백패킹 명소로 꼽히기도 해. 다른 정상들과는 다르게 넓고 여유로운 공간이 색다른 느낌을 주었어.

무서울 정도로 등산객이 없던 산에 노을이 내렸지. 해가 유난히 밝게 타오르며 지고 나자, 한겨울의 산 정상은 몹시 추워졌어. 하지만 여느 때처럼 또다시 아침 해가 떠올라 간밤의 추위에 얼어붙은 우리 몸을 덥혀주었지. 누나가 홀로 텐트를 정리하는 동안 나는 이곳저곳 쏘다니며 자유 시간을 보냈어.

누나는 이장군은 팔자가 좋다며 투덜거렸다가, 없는 게 도와
주는 거라고 핀잔을 주지만, 그래도 자유로운 내 모습을 보는
게 행복해 보여. 하산할 때는 눈이 얼었다 녹기를 반복하면서
빙판길이 된 등산로 덕분에 평소보다 몇 배는 힘들었어.

고대산은 등산객이 많은 산은 아니지만 화장실이 깨끗
하고 주차장도 넓어. 무엇보다 이정표가 잘되어 있어서 홀로
산행하기에도 괜찮은 산이야. 사람들로 붐비지 않기 때문에,
자연과 일행들, 자기 자신에게 더 집중할 수 있지.

커다란 호수들을 한눈에 담는 겨울 산행

사명산

📍 **INFORMATION**

장소 강원도 양구군 양구읍 웅진리 585-1 (선정사)

코스
선정사~사명산~선정사

걷는 거리 약 7킬로미터
걷는 시간 약 5시간
난이도 ★★★★☆

강원도 양구에 있는 사명산(해발 1,198미터)은 태백산맥의 줄기
인 내지산맥에 속하는 산으로 화악산 이동 지방, 설악산 이서
지방, 춘천 이북 지역에서 가장 높은 산이야. 전형적인 육산
이어서 암릉이나 뛰어난 골짜기가 없고, 정상에 오를 때까지
쭉 숲의 터널이 계속되지. 정상은 그리 넓지 않지만 나무를 정
리해서 사방으로 잘 보이게 해두었어. 특히 북쪽에 튀어나와
있는 바위는 파로호를 조망하기 좋은 전망대 역할을 하고 있
어. 정상에 서면 춘천·화천·양구군 일대가 한눈에 들어오고,
특히 파로호와 소양호 경관이 아주 특별해. 파로호 쪽으로는

본류가, 소양호 쪽으로는 웅진리로 파고든 지류가 보이지.

강원도 양구는 춥고 바람 많고 눈 많기로 유명해. 눈이 쌓였다 녹았다 한 흔적이 남아 있는 소양호 줄기를 따라 달리다 보니 사명산 들머리인 선정사에 도착했어. 절 입구 앞에 주차하고 겨울 산행 준비를 단단히 끝마쳤지. 눈 쌓인 산 위에서 썰매를 탈 생각으로 작은 접이식 썰매까지 챙겼어.

오늘의 코스는 선정사에서부터 시작되는 계곡 골짜기를 따라 정상에 올랐다가 반대편으로 내려와 다시 계곡 줄기로 합류해서 원점 회귀하는 거야. 절을 얼마 지나지 않아 민가가 나왔는데, 그 집 앞에 어마어마한 빙벽이 있었어. 어떻게 얼린 것인지, 분수대의 물이 위로 솟구치려는 모습 그대로 얼어 있

었지. 기이한 광경에 조금 넋을 놓고 바라보고 있는데, 그 집 백구 친구가 나와서 짖는 바람에 호다닥 다시 갈 길을 갔어.

전날 내린 눈이 수북이 쌓인 등산로는 미끄러웠어. 누나는 바로 아이젠을 꺼내 착용하고 한 발 한 발 미끄러지지 않게 집중하며 올라갔어. 중간에 목이 마르면 얼음을 깨고 흐르는 물을 마시면서 열심히 올라갔어. 중간에 임도가 나오자 조금 더 걷기 편한 임도로 빠지고 싶은 마음이 굴뚝같았어. 하지만 임도는 정상까지 연결되어 있지 않기 때문에 계속 등산로를 걸었지. 여름에는 햇빛 한 줄기 들어오지 못할 만큼 나무가 빽빽한 산인데, 한겨울이라 벌거벗은 모습을 보고 있으니 제법 색다른 기분이 들었어.

숨을 들이쉴 때마다 겨울산의 차가운 공기가 폐를 가득 채워. 차가운 공기를 한 번에 많이 들이마시면 기관지가 갑작스럽게 수축하면서 기침을 할 수도 있으니 주의해야 해. 등산할 때는 입보다는 코로 숨을 쉬는 것이 좋아. 그것만으로도 기관지가 찬 공기로 인해 자극받는 것을 줄일 수 있어.

임도를 지나고 나서부터는 등고선 간격이 촘촘해져. 가파른 숲길을 따라 올라가면 맞은편 능선이 슬쩍슬쩍 보이기 시작하는데 이 길을 치고 올라가면 능선이 나와. 북쪽 숲 사이로 파로호의 푸른 물이 보이기 시작하는 주 능선에 다다르면 정상까지는 10여 분 거리밖에 안 남은 거야. 능선 좌측으로는 소양호, 우측으로는 파로호가 보이는데, 아마 전국의 어느 능선도 이곳처럼 두 대호가 한꺼번에 보이는 완벽한 조망을 제공해주지는 못 할 거야. 물론 이건 겨울의 이야기야. 여름엔 숲이 울창하게 우거지니까, 완벽한 조망을 감상하기 위해서는 나무들이 벌거벗고 있는 겨울철에 방문해야 해.

하산할 때는 올라온 방향 반대편으로 조금 내려오면 나오는 헬기장을 지나 내리막길로 내려오다가 1162봉 직전에 왼쪽 골짜기로 빠지면 돼. 그럼 올라왔던 계곡길과 만나게 되지. 내려가는 계곡길에서는 누나랑 신나게 썰매를 탔어.

사명산 산행 시간은 코스에 따라 오르는 데 2시간, 내려오는 데 2시간 정도면 충분하지만, 눈길을 걷는다면 체감 시간은 그 배 정도가 된다고 생각해야 해.

겨울에 더 좋은 억새 동산

민둥산

 INFORMATION

장소 강원도 정선군 남면 무릉리 (민둥산)

코스
능전마을~쉼터~발구덕~정상~능전마을

걷는 거리 약 7킬로미터
걷는 시간 약 4시간
난이도 ★★★☆☆

가을 대표 산행지로 손꼽히는 민둥산(해발 1,119미터)은 이름처럼 산 정상 부근에 나무가 없고, 대신 억새밭이 능선을 덮고 있는 산이야. 정상 주 능선 억새밭을 따라 30여 분은 걸을 수 있을 정도지. 특히 매년 9월 말부터 11월 초까지 열리는 억새 축제 때는 그야말로 수만의 억새들이 하나의 은빛 강을 이룬 듯 출렁이는데, 그 모습이 장관이야.

하지만 '축제'라는 말은 양날의 검이야. 아름답긴 하지만, 그만큼 사람이 많이 모이거든. 내가 가기에 별로 좋은 산은 아니라는 거지. 그러지 않더라도 민둥산처럼 나무 그늘이 없는 곳은 털옷을 입은 우리가 산행하기는 힘든 곳이야. 그래서 나랑 우리 누나는 발상을 전환하여 사람과 더위를 피해 겨울에 민둥산을 찾았어. 그리고 민둥산의 새로운 모습을 발견하게 되었지. 탁 트인 시야와 푸르른 하늘, 새하얗게 눈이 쌓인 언덕 말이야!

민둥산 산행 코스는 편도 기준 크게 다음과 같이 네 가지가 있어.

제1코스: 증산초교~쉼터~정상 (약 1시간 30분)
제2코스: 능전마을~발구덕~정상 (약 1시간 20분)
제3코스: 삼내약수~갈림길~정상 (약 1시간 10분)
제4코스: 화암약수~구슬동~갈림길~정상 (약 3시간 50분)

이 중 오늘 소개할 코스는 제2코스야. 눈길 산행은 보통 산행보다 체력 소모가 몇 배는 크고 힘들어. 특히 좁고 가파른 등산로는 일반 눈길을 걷는 것보다 훨씬 미끄럽고 힘이 들지. 시야 확보도 힘들어서 지나가는 사람을 보지 못할 수도 있어. 그렇기 때문에 털북숭이 친구들은 설산을 등산할 때 넓은 임도로 다니는 것이 좋아. 능전마을에서 시작하는 제2코스는 시작부터 정상까지 임도로 되어 있어서 설산 산행을 하기에 안성맞춤이지.

넓은 능전마을 주차장에 주차하고, 산불감시초소를 지나 도로를 따라 올라가면 오늘의 산행 시작이야! (운이 좋아 차량 통제가 없다면, 중간 지점인 발구덕마을 삼거리까지 차를 타고 올라갈 수 있을지도 몰라.) 올라갈수록 조금씩 눈이 보이기 시작했고, 마음도 설레왔지. 경사가 가파르지 않은 임도를 40여 분 정도 구불구불 감아 올라가다 보면 삼거리 쉼터가 나와. (만약 차를 타고 올라왔다면 이곳에 주차하면 돼.) 이곳에는 간이 화장실과 평상이 있으니 잠시 쉬며 재정비를 하고 올라가면 좋을 것 같아. 이제부터는 길이 제법 가파르고 눈도 아래보다 많이 쌓여 있을 거라서, 누나는 아이젠을 착용하고 스틱도 꺼내며 본격적인 설산 트래킹을 준비했어.

길쭉한 침엽수림이 포근하게 반겨주는 숲길을 따라 오르다 보니, 숲이 끝나고 억새 민둥산이 모습을 드러냈어. 이제 제일 힘든 구간만 남았어. 눈 속에 파묻힌 나무 계단을 조심히

디뎌가며 미끄럽고 가파른 민둥산을 올라야 해. 단숨에 오르기에는 오르막이 길기 때문에 숨을 고르며 쉬엄쉬엄 올라가기로 했어. 산의 정취를 더하는 외톨이 나무 옆에 앉아서, 헉헉대며 힘겹게 오르막을 오르는 누나를 잠시 기다려도 주면서.

그런데 우리 느림보 누나가 갑자기 멈춰 섰어! 가운데가 움푹 패인 거대한 오름 같은 발구덕의 모습에 잠시 시선을 빼앗긴 거야. 아직 정상도 아닌데 이렇게 근사한 풍경이 펼쳐지니, 정상에서 보는 풍경은 얼마나 멋질까? 기대감을 고조시키는 이국적인 모습이었지.

거친 숨을 토해내며 미끄러운 눈길을 밟고 오른 끝에 정상에 올랐어. 360도로 시원하게 트인 강원도 산간의 모습이 파노라마처럼 펼쳐져. 발아래로는 약 20만 평의 억새 평야가 깔려 시야가 막힘없고, 밤이 되면 별들이 춤을 추고 은하수가 흐르는 멋진 산이야. 그런 까닭에 민둥산은 일찍부터 백패커들의 성지가 되었다고!

하산할 때는 우뚝 서 있는 민둥산 정상석을 돌아 내려오거나 억새밭 사이 길로 내려와서 왼쪽으로 휘감아 발구덕 삼거리까지 돌아오면 돼. 어떻게든 발구덕을 지나 다시 능전마을로 돌아오기만 하면 되지.

그럼 안녕, 친구들. 오늘 산행도 정말 즐거웠어.

준비됐다면 도전해봐

영남알프스 환종주

⊙ INFORMATION

장소 울산시 울주군 상북면 (배내고개)

코스
배내고개~능동산~천황산~재약산~죽전마을~영축산~신불산~간월산~배내봉~배내고개

걷는 거리 약 32킬로미터
걷는 시간 약 16시간
난이도 ★★★★★

아침 햇살 스미는 억새 등산로.

영남에는 유럽의 알프스와 견줄 만한 풍광이라 하여 '영남의 알프스', 줄임말로 '영알'이라 불리는 산자락들이 있어. 경남 울산의 가지산(해발 1,241미터), 운문산(해발 1,107미터), 천황산(해발 1,189미터), 재약산(해발 1,119미터), 신불산(해발 1,209미터), 영축산(해발 1,059미터), 고헌산(해발 1,034미터), 간월산(해발 1,083미터) 등 여덟 개 산군이 그것이지.

　　영남 알프스 종주는 1박 2일 또는 2박 3일에 걸쳐 이 산들을 등산하는 거야. 여덟 개의 산들을 전부 도는 것을 태극 종주라 하고, 가지산, 운문산, 고헌산을 빼고 한 바퀴 도는 것을 환종주라고 불러. 환종주 코스는 한 바퀴 순환하여 다시 처음 출발한 곳으로 돌아오는 코스이기 때문에, 주차한 곳으로 되돌아가야 하는 우리들에게는 안성맞춤이라 할 수 있지. 하지만 일곱 개의 산봉우리들을 오르내리며 대략 32킬로미터의 산길을 걸어야 해서, 초심자에게는 조금 무리가 있는 코스야.

나는 예전에 환종주를 다녀오고 여태 나머지 산들을 못 다녀왔어. 조만간 꼭 9등 완봉에 도전할 거야. 영남알프스에 있는 9봉 정상석 옆에서 사진을 찍어 완주 사실을 인증하면 울산군청에서 완등 메달도 준다고 해. 친구들도 체력을 키워서 꼭 종주에 도전해봐!

환종주는 배내고개에서 시작해서 시계 반대 방향으로 도는 것이 가장 보편적이고 쉬운 방법이야. 서울 집에서 360여 킬로미터 떨어진 울산까지 가야 했기 때문에 새벽 2시에 일어났어. 누나가 졸음과 싸워가며 힘들게 운전하는 4시간 동안 나는 쿨쿨 잠을 잤어. 자다 자다 영 좀이 쑤셔서 몇 번 일어났는데 그때마다 여전히 도로 위에 있더라고. 결국 아침 해가 뜰 무렵에야 이번 종주의 출발지이자 도착지인 배내고개에 도착했어. 차에서 내리니 매서운 바람이 털을 비집고 들어왔지. 나는 시원하니 딱 좋았어. 아침도 든든히 먹고 내 몫의 가방도 씩씩하게 짊어졌는데, 누나는 엄청 추웠는지 덜덜 떨면서 체할 것 같다고 아침으로 챙겨 온 빵 하나도 다 못 먹는 거야. 이번엔 갈 길이 먼데, 걱정이 되었어.

첫 번째 목적지인 능동산까지는 나무 계단을 40여 분 정도 올라가야 해. 계단을 오르며 적당히 몸이 풀렸다 싶을 즈음 나타나는 첫 번째 정상석을 지나쳐 임도를 따라 계속 부지런히 걸었어. 너무 이른 시간이어서인지 매점 샘물상회도 아직 문을 열지 않은 상태였어. 아쉬운 마음을 누르고 빠르게 통과해서 억새밭 사이로 난 등산로를 올랐지.

천황산 정상에서 내려다보는 억새 평원의 모습은 거창한 이름만큼이나 웅장해. 영알 환종주의 시작을 알리는 것 같은 천황산에 서서 앞으로 우리가 가야 할 능선의 모습을 바라봤어. 영알은 둥글게 모여 있어서 어느 산에 있어도 다른 산들의 모습을 확인할 수 있지. 까마득한 능선을 보니 조금 막막해지는 것 같기도 했어. 하지만 걷고 걷다 보면 언젠가 벅찬 완주의 순간이 올 거야! 언제나 그랬으니까.

세 번째 체크 포인트인 재약산은 천황산 바로 옆에 붙어 있어. 천황산에서 천황재 골짜기를 팍 내려갔다가 다시 치고 올라오는 낙타 등 같은 등산로이지. 억새 평원 위에 데크가 있어서 백패킹하는 사람들에게 인기 만점인 곳이야.

낙타 등을 다시 오르면 재약산과 죽전삼거리로 이어지는 삼거리가 나오는데, 재약산을 찍고 다시 돌아와서 죽전삼거리 방향으로 가야 하기 때문에 이곳에 무거운 가방을 잠시 내려놓고 다녀오기로 했어. 재약산 정상석은 울룩불룩한 바

위들 위에 있어서 더 멋있는 것 같아. 이곳에서 울산에 살면서 주말마다 영알을 찾으신다는 아저씨를 만났어. 척척박사 아저씨는 우리에게 열심히 산맥들의 전설과 유래 등을 설명해주셨는데 사실 나는 한마디도 알아듣지 못했어.

아무튼 다시 돌아와서 가방을 메고 죽전삼거리 방향으로 하산을 시작했어. 중간에 있는 매점에도 잠시 들렀어. 출발할 때 누나가 먹은 게 없어서 걱정했는데, 다행히 이곳에서 라면을 먹었어. 누나가 라면 먹는 것을 확인하고 나는 쪽잠을 잤어. 언제 또 잘 수 있을지 모르니 틈틈이 잠을 자며 체력을 보충해두어야 해.

다시 길을 나설 때는 날씨가 한결 포근해졌어. 누나 옷도 조금 얇아졌지. 죽전삼거리 전 사자평까지 가는 길은 야자 매트가 깔린 공원이야. 보는 재미는 없어도 걷기에는 참 편한 곳이지. 사자평 억새밭을 지나고 나면 죽전삼거리까지는 끝없이 이어지는 매우 가파른 내리막이야. 나만 네발로 걷는 줄 알았는데, 우리 누나도 네발로 내려올 줄은 몰랐어.

힘들었던 내리막길이 끝나고 죽전마을이 나왔어. 말이 마을이지, 그냥 1차선 도로나 마찬가지야. 어느덧 시간은 오후 1시 반을 가리키고 있었어. 천황재에서부터 함께한 아저씨가 우리를 파래소2교 앞까지 차로 데려다주셨지. 매우 짧은 거리였지만 이른 아침부터 산행을 시작한 우리에게는 너무나 감사한 휴식이었어. 그런데 또 영축산에 올라가야 한대……. 방금 막 내려왔는데 또 올라가자니, 누나 정말 너무한 거 아니야?

여기서 영축산을 오르는 방법은 크게 두 가지야. 신불산 휴양림을 통해 잘 정돈된 등산로를 오르거나, 청수골의 거친 골짜기를 올라가야 하지. 하지만 '휴양림'이라는 단어에서 이미 짐작했을지도 모르겠지만, 우리들에게는 한 가지 선택지밖에 없어. 신불산 휴양림은 개 출입금지거든. 우리는 처음에 청수골에서 길을 헤매다가 너무 지친 나머지 휴양림으로 향했지. 휴양림은 이용하지 않을 테니 이곳에서 시작하는 등산로만 지나가게 해달라고 부탁했지만, 결국 돌아설 수밖에 없었어. 괜히 시간과 체력만 낭비한 셈이야. 어깨를 축 늘어뜨린 채 터덜터덜 걷는 누나를 보니 마음이 몹시 아팠어. 언제나 내가 힘든 것보다도 누나가 실망하는 모습을 보는 게 더 슬퍼.

하지만 우리는 이내 마음을 다잡고 청수골에서 다시 시작하기로 했어. 좌측 골짜기와 우측 골짜기가 있는데, 좌골을 통해야 바로 영축산으로 갈 수 있어. 열심히 걷는데, 어느 순간부터 주변에 보이는 것은 죄다 비슷비슷하게 생겨서 분간되지 않는 바위들뿐이었고 흔한 이정표도 하나 없었어. 핸드폰도 잘 터지지 않아서 GPS도 믿을 수 없었지. 누나도 나도 잔뜩 지쳐만 가는 가운데, 시간이 가고 5시가 가까워지자 해가 산 뒤편으로 빠르게 넘어갔어. 강행군이 되더라도 오늘 안에 위로 치고 올라가 이 골짜기를 벗어날 것인가, 아니면 죽전마을로 내려가 편안히 쉬며 재정비할 것인가 고민했어. 그러다 다행히 골짜기에 2인용 텐트 하나 칠 만한 작은 공간을 발견하고 하루 쉬어 갈 보금자리를 준비했어. 저녁밥을 먹고 이내 깊은 잠에 빠져들었지.

다음 날 눈을 떴을 때는 다행히 컨디션이 아주 좋았어. 기지개를 켜고 주변을 산책하며 누나가 뒷정리하는 것을 기다렸지. 아침이 되니 누나도 마음의 여유가 생겼는지 발걸음이 한결 가벼워 보이더라고. 하지만 어제처럼 누나에게만 맡겨두었다가는 오늘 안에 골짜기를 벗어나지 못할 것 같아. 내가 전날 밤 야등으로 올라온 등산객 무리의 냄새를 추적해서 길을 찾아냈어. 길다운 길로 오르니 속도가 배로 붙었지.

　　영축산 정상석에서 감개무량한 마음으로 사진을 찍고,
거기서 만난 새로운 아저씨와 동행하게 되었어. 이제 신불산,
간월산, 배내봉만 남았어. 영축산에서 간월산까지의 능선 코
스는 영알의 하이라이트라고 할 수 있어. 조급해하지 말고 풍
경을 만끽하며 걸어야 하는데, 사실 우리들에게는 이제부터
제법 힘든 코스야. 산세가 험해서가 아니라 너무 유명한 산이
라 등산객들이 엄청 많기 때문이야. 첫날에는 등산객을 열 명
도 채 마주치지 않았는데, 신불산에서부터는 사람이 너무 많
아서 누나 옆에 딱 붙어서 단 몇 센티미터도 떨어질 수 없었
어. 동행해주신 아저씨가 내 앞을 가로막고 먼저 가주셔서 그

나마 괜찮았던 것 같아.

신불재와 신불산 정상석을 지나 간월재로 향했어. 간월재 매점에서 누나는 컵라면을, 나는 삶은 계란을 먹고 잠시 쉰 뒤, 마지막 여정지 배내봉으로 향했지. 배내봉은 정말 의외의 복병이야. 오르막 내리막이 깔짝깔짝 반복되며 이어지는 능선에 혼이 쏙 빠질 즈음, 배내봉에 도착했어. 배내봉 등산석은 그 많던 인파는 다 어디 갔나 싶을 정도로 고요하고 한적한 가운데 서 있었어.

배내봉에서 배내고개까지 이어지는 끝없는 계단을 내려가니 반가운 우리 자동차가 보였어. 운전은 또다시 누나의 몫. 난 좀 잘게. 집에 도착하면 깨워줘.